獅子王アルファと秘密のいとし子

CROSS NOVELS

小中大豆
NOVEL: Daizu Konaka

みずかねりょう
ILLUST: Ryou Mizukane

CROSS NOVELS

CONTENTS

CROSS NOVELS

CONTENTS

獅子王アルファと秘密のいとし子

THE
LION KING
ALPHA
AND THE
SECRET LOVER

DAIZU KONAKA

小中大豆

イラスト

みずかねりょう

プロローグ

シア・リンドはこれまでずっと、運命から逃げ続けてきた。

子供のため、自由のため――そう思っていたけれど、本当は怖かったのかもしれない。

運命と対峙《たいじ》し、期待とは異なる現実を突きつけられることが。

「……シア？」

目の前の男は、信じられないというように大きく目を見開いていた。

髪と瞳の色は黄金、長く伸びた癖っ毛を後ろで軽く一つに束ねている。それが少し新鮮だった。以前はずっと短髪だったから。

見上げるほどの巨軀と、厳つさを感じさせない均整の取れた肢体。甘さと男臭さが同居する端正な顔立ちは、記憶にある彼より、精悍《せいかん》さを増していた。

獣人特有の獣《けもの》の耳が、頭の上でピンと立っている。それを見て、ああやっぱり、あの子と耳の形がそっくりだなあと感心した。

「ヴィ、ス……」

シアが名前をつぶやくと、相手の表情がぱっと明るくなった。

「シア！」

久々に見る彼の人懐っこい笑顔に、シアも胸がいっぱいになる。

やっぱり彼が好きだ。離れて五年経っても、少しも想いが薄れることはなかった。

彼に駆け寄りたくなる衝動を、必死に抑える。

「ヴィスラン」

ヴィスラン・ルフス。それが彼の本当の名前だ。

ルフス家の当主にして、このルフス王国の君主。

気さくな彼は王様で、対してシアは、身寄りのない一介の平民、しかも獣人ではなく人族だった。

もう、友達だった頃には二度と戻れないのだ。

第一章

枕もとの置き時計の針が七時ぴったりになった時、文字盤の後ろでカチッと部品の合わさる音がした。

続いて時計の天井からぴょこんと兎《うさぎ》の人形が飛び出し、同時に甲高《かんだか》い機械音が時計から発せられた。

「うっ……うるさい」

シアは呻《うめ》いてベッドから這《は》い出した。時計をがしっと掴《つか》んだが、目覚ましを止めるボタンがなかなか見つからない。その間も時計は、けたたましい音を発し続ける。

「お前、本当にうるさいな。こんなの作るんじゃなかった」

朝が苦手な自分のために作ったのだが、寝起きに結構イライラする。

もっとも、倒れるように寝床に入ったのが明け方なのだから、苛立《いらだ》ちは寝不足のせいもある。

「眠いよう」

涙目でようやく目覚ましを止めると、部屋の外からトコトコと階段を上ってくる足音が聞こえた。

数秒して何の前触れもなく寝室のドアが開き、金色の塊が飛び込んでくる。

「シア、起きて！　おくれちゃう！」

四歳児が元気いっぱいに言って、ぽすっとベッドに飛び乗った。

お日様の光を集めたような明るい金色の癖毛に、大きくぱっちりした瞳は蜂蜜色《はちみついろ》だ。

「おはよう、ミラン。うう……起きてるよ」

「ベッドにいるのは、起きてるうちに入らないの。起きて！」

ポンポン、と小さな手で上掛けを叩《たた》く。シアはまた「うう」と呻いた。

「もー、また夜ふかししたでしょ。からだにどくだよ」

「うちの息子はなんてしっかり者なんだろうな」

シアはしみじみ言い、身体の上によじ登ってきた息子をがばっと抱きしめた。

「ミランは今日も可愛い。なんて可愛いんだ！」

ほっぺは赤ちゃんみたいにぷくぷくだし、あちこち撥《は》ねてる癖っ毛も可愛い。ミランはきゃーっとはしゃいで笑い声をあげる。

癖っ毛の中に埋もれていたふわふわの獣の耳が、ぷるぷる揺れた。

今はパジャマのズボンに隠れて見えないが、お尻には鞭《むち》みたいにしなやかな尻尾が生えている。ほっそりして、毛先だけふさふさなのだ。

可愛いなあ、とシアは、息子の耳や尻尾を見るたびにふにゃふにゃに溶けてしまう。

息子のミランは獣人だ。このルフス王国では国民の八割が獣人だから、珍しいことではない。

ただし、親であるシアは人族だった。顔の横に付いている耳は毛が生えてなくてツルツルだし、尻尾もない。

髪は真っすぐ硬質で、濡れた鴉《からす》みたいに真っ黒だ。切れ長の目の色も黒に近い焦げ茶色で、身体つきは細くて頼りない。

童顔というわけではないけれど、大人っぽくもなく、人族の中でも背は高いほうではないから、大抵は二十七という実際の年より若く見られる。

人間の男親と獣人の息子。だからご近所の人たちは、シアたちが血の繋《つな》がらない親子だと思っているだろう。

人間と獣人が交わっても、子供は生まれない。これが世界の常識だ。

でも二人はちゃんと、血が繋がっている。ミランは正真正銘、シアの息子だ。

どういうことなのか、詳しく話せば長くなる。ミランのもう一方の親に言及することにもなりかねず、だからシアはミランにさえ、もう一人の親の話をしていなかった。

真実を知るのはシアとシアの友人、それからこの家の大家だけ。

「シア、ミラン！　朝ごはん作ったから、早く食べなさい。馬車が来ちゃうわよ！」

階下で年配の女性の声がした。大家のマーゴだ。

シアとミランは、マーゴの家の二階建ての離れを借りて暮らしている。

マーゴは隣の母屋で孫夫婦と住んでいるが、ひとり親でおまけに寝坊助のシアを見かねて、よく世話を焼きに来てくれるのだ。

訳ありで転がりこんできたシアたちのことを、自分の孫みたいに可愛がってくれて、だからミランはマーゴを「おばあちゃん」と呼ぶ。

「はーい」

「今、いきます。……うう」

観念して、シアはベッドから這い出した。ミランはぴょんと床に飛び降りて、一足先に部屋を出ていった。

「おかおをちゃんとあらってね」

去り際、きりっとした顔で注意するのを忘れない。マーゴの受け売りだ。

（どっちが親か、わからないなあ）

胸のうちでぼやき、シアは欠伸《あくび》を嚙み殺した。


シアとミランが暮らす村は、ルフス王国のうんと端にある。

この一帯は古くから物作りの盛んな地方で、今もあちこちに小さな工芸品の工房がある。

今は何でも大きな工場で大量生産されるけれど、美しく機能的な工芸品を一つ一つ丁寧に作る職人もたくさんいる。

この村もその一つだ。村の半分は工房、もう半分は農家と酪農だ。広大な畑と牧草の間に、ぽつんぽつんと工房が建っている。牧歌的な風景である。

村の人たちはのんびりしていて、シアみたいな人間のよそ者でも、機械職人として快く受け入れてくれる。

「さあさあ、早く食べないと、迎えの馬車が来ちゃうわよ」

シアがもそもそ身支度を終えて一階に下りると、マーゴが急かした。ミランは先にご飯を食べ終えて、大好きなホットミルクを飲んでいる。

この村は狐《きつね》を祖先に持つ獣人が多くて、マーゴも狐の獣人だ。尻尾は長いスカートに隠れて見えないが、ぴんと尖《とが》った小麦色の耳を持っている。

「ミランを着替えさせてくれたんだ。ありがとう、マーゴ」

いつの間にかミランが、パジャマからよそ行きの服に着替えているのに気づいた。

「ミランが自分から着替えたのよ。ね」

「うん。ぼく、もう自分でぜんぶ着替えられるよ。小さいボタンもとめられた」

「本当に？　すごいな、ミランは！」

よそ行きの細かいボタンも留められるなんて。いつの間にこんなに成長したんだろう。大袈裟ではなくびっくりしていると、ミランがはにかんで笑う。

その時、マーゴの孫のクロードが駆け込んできた。

「シア、ミラン。玄関に馬車が来てるけど。今日は大きい街に行くんだろ？」

「わっ、急がなきゃ」

予定の時間より早い。でも乗り合い馬車なので、ぐずぐずしていると出発してしまう。

二階に駆け上がり、荷造りしておいた旅行鞄を引っ摑んだ。

ミランにコートを着せ、耳がすっぽり隠れるクマさん帽子をかぶせる。茶色い毛糸に丸い耳とクマさんの顔が付いているのだ。

「今日は村を出るんだから、俺がいいって言うまで帽子は脱いじゃだめだよ」

「わかってるってば。ぼく、やくそくやぶったことないんだからね」

街に出かけるたびにしている注意を口にすると、ミランが唇《くちびる》を尖らせて足踏みする。シアは苦笑しつつ子供用の小さな革鞄を背負わせた。

シアはシアで、耳まで覆える毛糸の帽子を深くかぶった。これで、人間か獣人かぱっと見はわからなくなる。夏は暑くてできないが、シアなりの用心というか変装だった。

ルフス国は獣人の国だ。もともと自由な国柄だったというし、今の国王になってからは異国人の居住者も積極的に受け入れるようになって、人族の人口も増えた。

しかし、まだまだ少数派だ。獣の耳がない人族のシアは、どうしても人目を引く。獣人の子供を連れていたら、余計に印象に残ってしまう。

王都ではとにかく、目立ちたくなかった。

慌《あわ》ただしく準備をすると、マーゴがお弁当と水筒と一緒に、食べ損ねた朝ごはんも包んで渡してくれた。

「ありがとう、マーゴ。愛してる！」

「本当に愛してるなら、あと五分早く起きてちょうだい」

冷静に返された。痛いところを突かれて、シアは何も言い返せない。

「早く早く」

離れを出ると、前の通りには乗合馬車が停まっている。敷地の出入り口にクロードの妻がいて馬車を待たせてくれていた。クロードが旅行鞄を持ってくれて、シアはミランを抱えて馬車まで走った。

「二人とも、ありがとう！」

どうにか馬車に乗り込んで、クロードから鞄を受け取る。馬車はすぐに出発した。

「行ってきます！」

夫婦に見送られ、シアとミランは馬車の窓から二人に手を振った。


シアとミランはひと月に一度、仕事で街へ行く。シアが自分で作った工芸品を、街へ卸《おろ》しに行くのだ。

シアは「機械工芸」職人だ。機械工芸というのは、シアが勝手に言っているだけで、そういう工芸分野が確立されているわけではない。

古い友人や、王都にいる友人はシアを、「発明家」と評してくれていた。

機械で様々な道具を作り出すのが、シアの仕事である。機械仕掛けの人形、音の出る目覚まし時計もシアの発明だ。目覚まし時計の方は、音を出す部分が大きすぎて邪魔になるので、あまり使われていないが。

生まれ故郷の国ではガラクタ扱いだったが、ルフス国ではわりと買い手があった。

それというのも、ルフス国が現在、産業革命とも呼ばれる生産革新によって、国全体が好景気に沸いているからだろう。

それ以前の農地改革で農村は豊かになっていて、安価で質のいい食料や生活用品が安定的に大量生産されるようになり、輸出も増えた。

今やルフス製といえば、何でも売れるらしい。

（いつか俺の道具も、工場で大量生産できるくらい売れるようになるといいな）

自分の発明した機械製品が国中に溢《あふ》れる世界を、シアは馬車に揺られながら夢想する。まあ、それは夢のまた夢だけど。

「ねえシア、見て。ヒツジさんがいっぱいいる」

しっかり者のミランは、乗合馬車に乗ってしばらくはおりこうに前を向いて座っていたけれど、すぐにうずうずして窓の外を見たがった。

シアは「静かにね」と言い含めてから、靴を脱がせてやる。ミランはすぐさま座席に膝《ひざ》を立て、窓の外を覗《のぞ》いた。

「ふわふわだねえ。あの毛でミランのセーターや帽子を作るんだよ」

「すごいなあ」

そんな話をしていると、向かいに座る老婦人と目が合った。小さく会釈《えしやく》すると、ニコッと微笑《ほほえ》みを返された。

「街までお出かけ？」

知らない人に話しかけられても、ミランは物怖《ものお》じしない。こくっと金色の頭を上下させる。

「うん。今日はね、小さいまちじゃなくて、大きいまちに行くの。シューッて」

「王都へ行くんです。汽車に乗って」

シューッだけでは蒸気機関車だとわからないので、シアが補足する。老婦人は「あら、いいわねえ」と目を細めた。

シアたちが毎月行くのは、ミランが「小さい町」と呼ぶ、村から乗合馬車で一時間ほどの地方都市だ。

でもごくたまに、この地方都市から汽車に乗って、王都へ工芸品を卸しに行くことがある。今日がその日だった。

片道だけでも半日がかりなので、いつも王都へ行くときは一泊か二泊、友人の家に泊めてもらう。ついでにちょっとだけ王都観光もするから、ミランは「大きい町」へのお出かけを楽しみにしているのだった。

シアはある事情があって、王都に行くのが少し不安なのだが、はしゃいでいる息子を見ると仕事だけ済ませて帰るのも可哀想な気がして、毎回おっかなびっくり観光をしている。

「それじゃあね。王都を楽しんでいらっしゃい」

馬車が終点の「小さい町」に着き、老婦人と別れる。馬車の停留所のすぐ目の前に駅があって、汽車が停まっていた。

「きかんしゃだ！　シア、早く早く」

「こら、走っちゃだめだよ」

汽車を見たミランは大はしゃぎだ。シアが改札で切符のやり取りをする間に、ダッと駆け出してしまう。注意をしても、もちろんすぐに止まったりしない。

まるで炒《い》り豆がフライパンから弾け飛ぶような速さで、一目散に汽車に向かっていく。

シアが危惧《きぐ》していた通り、途中で通行人にぶつかり、ぽてんと後ろに倒れ込んだ。

「ミラン！」

「いてて」

すぐに間の抜けた声がしてホッとしたが、帽子が脱げているのを見て慌て、ミランがぶつかった相手を見てさらに青ざめる。

その人が妊婦だったからだ。臨月に近いのだろう。大きなお腹を抱えている。

「すみません、大丈夫ですか」

シアがミランを抱き起こしながら声をかけると、相手はにこっと微笑んだ。

「ええ、何ともありませんよ。こちらこそ、すみません。ちびちゃんは大丈夫かな」

そう言って覗き込んだ顔だちは中性的だったが、声は男性のものだった。尖った耳の先だけが黒く、さらに黒い房が付いている。カラカルだ。

（あ、この人。……オメガだ）

咄嗟にそんな考えが頭を過《よぎ》ったが、今はそれどころではない。ミランを見ると、「いたー」と、お尻をさすりながらも起き上がっていて、元気そうだった。

「だから走っちゃだめって言っただろ。ミランだけじゃなく、相手に怪我をさせるかもしれないんだぞ」

いつもよりきつめの声で叱《しか》ると、ミランも相手が妊婦だと気づいたようだ。さっと顔を強張らせた。

「ご……ごめんなさい。赤ちゃん、だいじょうぶかな」

オロオロと大きなお腹を見る。カラカルの男性は優しい笑顔を向けて「大丈夫だよ」と答えた。

男性は中性的なだけでなく、仕草もたおやかで美しい。

（獣人のオメガって、やっぱり綺麗な人が多いなあ）

シアは密かに感心する。

「君こそ大丈夫かな。帽子が脱げちゃったね」

ミランはその声にハッとして、周りを見回した。シアが拾っておいた帽子を「はい」と渡す。ミランはしおしおと耳を寝かせ、「ごめんなさい」とつぶやいた。

こちらの事情を知らない男性は、クスクス笑った。

「可愛いまん丸お耳だね。獅子族《ししぞく》みたいだ」

それは褒め言葉なのだろう。獅子族はこの国で、最も尊い種族だから。

でもシアは、ぎくりとした。ぎこちなく、用意しておいた言い訳を口にしようとしたが、それより早く、ミランが無邪気にこくっとうなずいた。

「うん。ぼくね、ピューマなの。ピューマはね、山獅子《やまじし》ともいうんだよ」

「こら、調子に乗るな。本当にすみませんでした」

確かにピューマは山獅子とも呼ばれるが、自分から言うのは不遜《ふそん》だ。シアはミランを叱ったが、相手は楽しそうに笑って、大丈夫ですよと答えた。

「王都に行くんでしょう？ 僕はこの汽車でさっき着いたんです。お気をつけて」

優しい人でよかった。シアはカラカルの男性に何度も頭を下げ、ミランは手を振る。

その時、大柄な女性がカラカルに近づいてきた。別の場所で荷物を受け取っていたらしい。大きな旅行鞄を両手に提《さ》げている。

（あの人は、アルファだ）

カラカルの男性の伴侶だろう。狼族《おおかみぞく》らしい銀色の尖った耳をしているが、女性なのに通常の狼族の男性よりうんと大柄で逞《たくま》しい。カラカルの男性が狼の女性の肩に、ごく自然な仕草でそっと寄り添う。

カラカルが最後にまた一度、シアに会釈をして背中を向ける。短く切りそろえたうなじに、うっすらい。噛み痕が見えた。二人は番《つがい》なのだ。

（ヴィスも、すごく大柄だったもんな）

あのアルファの女性よりも、うんと。抱きしめられたら、シアの身体がすっぽり収まってしまうくらい
仲睦《なかむつ》まじいアルファとオメガの後ろ姿を眺めながら、羨望《せんぼう》がこみ上げてきて、慌てて感情を追い出す。

自分には、ミランがいる。この子を自分の手で育てられるだけで幸せだ。伴侶なんていらない。

「シア、ごめんなさい」

ずいぶん長いこと、ぼんやりしていたらしい。ミランが帽子を両手で握りしめながら、こちらを見上げていた。

眉尻《まゆじり》が下がって、耳を水平に寝かせている。

シアは微笑んで、息子の目の高さにしゃがんだ。帽子を取って、頭にかぶせてやる。

ミランの耳はピューマにそっくりだ。さっきのカラカルの男性も、疑う様子はなかった。でも、見る人が見たらわかってしまうかもしれない。

「うん。気をつけようね。ミランは大丈夫？　頭、打ってない？　尻尾は痛めてないかな」

見た目は元気そうだが、念のため確認する。ミランは「へーき！」と、元気よく答えた。

「お尻から転ぶ時ね、ぼく、おしっぽが痛くならない転び方を考えたの。ひっさつわざ」

「そこは、転ばない方法を考えようよ」

謎の必殺技を編み出した息子に、呆《あき》れながらも笑ってしまう。

ミランの手を引いて、シアは汽車へと向かった。

獣人には、男女という性別以外に、バース性という第二の性が存在する。

アルファ、オメガ、ベータという、三つの性だ。

獣人族特有の生態で、人族にはない。

だから、人族が人口の九割以上を占める国、カーヌス国で生まれ育ったシアにとって、バース性はずっと馴染みのないものだった。

バース性は多くの獣人族にとって、神聖なものらしい。あなたのバース性は？　なんて質問は不躾《ぶしつけ》だ。

もっとも、いちいち尋ねずとも、その身体的特徴からある程度は推測できる。

アルファはとても身体が大きく逞しい。同じ種族でも、アルファの女性の方がベータの男性より逞しかったりする。

オメガは逆に、小柄で華奢《きゃしゃ》だ。オメガの男性は大抵、ベータの女性と同じくらいか、それより背が低くて肉付きもほっそりしている。

そしてアルファもオメガも、整った容姿を持っていることが多かった。

ベータはすべてにおいて平均的。

獣人族のほとんどはベータだ。ここルフス王国に暮らす獣人の八割はベータだという。

アルファでもオメガでもない、『それ以外』。彼らは人族と変わらず、男女の交わりによって生殖する。

獣人には様々な祖先を持つ種族がいるが、この男女の交配で子供を生《な》せるのは、同じ種族か、ごく近しい種族だけだという。

たとえばカラカルと狼では、男女で性交しても子供は生まれない。同じ狼同士でも、白色狼と灰色狼では、うんと出産率が下がる。異種族の交配はそれだけ難しいのだ。

そうした交配の常識を超越するのが、アルファとオメガという二つの性だった。

オメガは男でも女でも、アルファと交わって子を生すことができる。

アルファもまた、男女に関係なくオメガを妊娠させることが可能だ。

そしてこの二つの性は、まったく異なる種族同士でも生殖できるのである。カラカルと狼だって、種の隔たりは交配の障壁にはならない。

生まれた子供は、両親どちらか一方の特徴を持っている。中間はない。そして子供もまたほとんどの場合、アルファかオメガだった。

ゆえに、ベータはベータ同士、アルファはオメガと結婚する獣人が多いのだとか。

アルファ性に生まれた子はおおよそほとんどの場合、父方の、オメガ性の子供は母方の特徴を持って生まれてくる。

たとえば、アルファの狼とオメガのカラカルから生まれた子がアルファ性なら、狼の特徴を持っているというわけだ。

（その法則からすると、ミランはアルファなんだろうな）

居間のソファの上で猫とじゃれているミランを見て、シアはぼんやり考える。

お風呂から上がったミランはパジャマ姿で、すっかりくつろいでいた。パジャマからはみ出した尻尾を、ふりふり揺らしている。

今日は一日がかりで、地元の村から王都に辿《たど》り着いた。

といっても、寝不足のシアは気づいた時には列車の中で居眠りしていた。ミランから「王都が見えたよ！」と、興奮した声で起こされたのだ。

仕事の納品を済ませるともう夜で、王都に行った時には必ず寄る、魚料理のレストランで夕食を食べた。

そこからこの友人の家に行き、お風呂に入ってようやく人心地ついた。

今まで何度もこの家に泊めてもらっているので、ミランも自分の家のように安心しきっている。

「ミラン。尻尾をしまいなさい。風邪ひくよ」

息子が無防備に尻尾を出しっぱなしにしているのを見かねて、シアは注意した。

出しっぱなしでもたぶん、風邪はひかない。息子の尻尾はロープみたいに細くて毛が短い。先っぽにほんの少し、房のように黒く長い毛が生えている。

大きくなったらこの房がもっと立派になるはずだ。彼の父親みたいに。

シアが小言を言うのは、ミランに尻尾を隠す習慣を身に付けてほしいからだ。

「ちょっと待って。まだ濡れてるから」

「もー、ちゃんと拭かないから。親の心子知らず」

シアはブツブツ言ってソファに近づき、自分が頭を拭いていたバスタオルでミランの尻尾をごしごし擦《こす》った。

「オヤ……ココ？　シア、くすぐったい！」

ミランが身を捩《よじ》るので、シアはわざとごしごし拭いてやった。

ミランのお腹に乗ってそれを見ていた猫が、とばっちりを恐れるように逃げていく。

部屋の外に逃げようとして、ドアが閉まっているのに気づき、シアたちに向かって「ニャーッ」と催促した。

するとその声に応《こた》えるように、ドアが外から開いた。

「あら、シロちゃん。急いでどうしたの」

飛び出していった猫と入れ替わりに現れたのは、大柄な男性だった。

黒く癖のある髪を肩より長く伸ばしている。丸みを帯びた耳とほっそりした尻尾には、特有の縞模《しまも》様《よう》があった。虎《とら》だ。

この家の家主、シアの友人のエリヤ・ジョルトイだった。

「エリヤ、助けて！　シアがぼくのおしっぽをゴシゴシふくの！」

エリヤは眉を大袈裟に引き上げ、「まあ大変」と驚いた顔を作ってみせた。

「髪もまだ、ずいぶん濡れてるじゃない？　そっちは私が拭いてあげましょう」

すかさずシアが、エリヤにタオルを投げる。エリヤはそれを受け取って身構えた。

ミランが脇をすり抜けて部屋を飛び出そうとするのを、さっと捕まえる。タオルでごしごし頭を拭きまくった。

「やーっ、ぼうりょくはんたい！　ぎゃくたいだ！」

ミランが暴れる。でも言葉とは裏腹に、楽しそうに笑っていた。エリヤは大きくて力も強いから、思う存分暴れられるのだろう。

「あらやだ、どこで覚えてくるの、そんな言葉」

「村の年上の子から、いろいろ教わるみたい」

シアが代わりに答えると、エリヤは「仕方ないわねえ」などと言いながら丁寧に髪を拭き続け、やがて「はい、おしまい」と言って、ミランのお尻をぽんと叩いた。

「子供は寝る時間よ。上で寝てらっしゃい。私たちは大人同士の話があるから」

ミランは、不満そうに口をへの字に曲げた。

「そんなこといって。お酒のむんだ」

「そうよ。ミランはお酒、飲めないでしょ」

「のめないけど。まだここにいたいな」

モジモジしながら、ちらっと大人たちを見上げる。シアは軽く肩をすくめた。

「別にいいけどさ。初日からそんなに夜更《よふ》かしして、大丈夫？　明日は街を回るのに、前みたいにへばっちゃうんじゃないかな」

前回も、ミランは大人の酒盛りに交ざりたがって、夜更かしをしたのだ。次の日は朝から王立公園に行くと張りきっていたのに、眠くて起きられなかった。

「今日は初日だよ。夜更かしするなら、最後の日のほうがいいんじゃないの」

とは言ったが、最終日はたぶん、ミランも疲れきっているから、すぐに寝てしまうだろう。そんな大人の打算がある。

「今日はよく寝て明日に備えたほうが、いっぱい遊べるよ」

さらに畳みかけると、うーんと悩んでいたミランは、決断した様子でうなずいた。

「わかった。今日はねる。シアみたく、おねぼうさんになったらこまるもん」

「一言多い」

シアが軽く睨《にら》むと、ミランは声を立てて笑った。ぴょんと飛び跳ね、戸口へ駆けていく。

「おやすみなさい、シア、エリヤ。シア、明日はねぼうしちゃだめだからね」

「はい。誓います」

シアは手を上げて宣誓した。立場が逆転してしまった。

ミランが居間を出ていき、トコトコと軽い足音が階段を上っていくのが聞こえた。エリヤは笑いながら居間の隣の台所へ行き、酒瓶とコップを二つ持って戻ってくる。

「かなわないわねえ。親よりしっかりしてるわ」

「そうなんだよ。どんどん語彙《ごい》が増えてるし」

二人で居間の長椅子に座り、酒の入ったコップを掲げて乾杯する。これも、エリヤに来た時のいつもの儀式だ。シアの王都での楽しみでもある。

普段はミランを置いて飲みに出かけることなんてないし、機会があっても村には気安く連れ立って飲みに行くような、そこまで親しい友達がいない。

「今日の納品、さっき店から連絡があって、問題ないって。今回も全品買い取ります」

「やった。ありがとう」

シアはホッと胸を撫《な》で下ろした。職人として自分の作る物に自信はあるが、商売とはまた別の話だ。

エリヤは本業の貿易業の他に、手広く事業を行っている。

そんな彼が力を入れているのが、新しい商品の開発だった。

自分で開発するのではなく、王都の一等地に小さな小売店を開き、エリヤや彼の店の従業員がこれはと目を付けた珍しい作品を、製作者から買い取って店に置いている。

そこで人気の出た商品を量産し、普及させるのだ。この場合、製作者にはマージンかあるいは特許料が入る仕組みだ。

シアも、自分の作った機械工芸品をエリヤの店に買い取ってもらっていた。

いちおう、店に置くための査定があるのだが、だいたいいつも、持ち込む作品はすべて買ってもらえた。なかなか量産にはこぎつけないが、エリヤの店は珍しい物を扱うことで有名で、シアの作品も少しずつ売れている。

「代金はいつも通り、銀行に振り込んでおくわ。あとまた、動く玩具《がんぐ》が何点か欲しいって言われてるの。あの、グネグネ動くやつ。忙しいようなら、製作は別の職人に任せて特許料を払う形にするけど」

「いや、こっちですべての製作を請け負います。ありがとうございます、社長」

ぜんぶ自分でやるほうが、手間はかかるが工賃がもらえる。シアはちょっとおどけて言い、深々と頭を下げてから、改めて礼を言った。

「いつもありがとう、エリヤ」

「やあね、改まって。こっちこそ、ありがとう、よ。あなたみたいに器用で有能な技術者は貴重なんだから。本当は、どこかの研究機関を紹介したいんだけど」

エリヤは照れたように大きな手を振ったが、シアは本当に感謝している。

五年ほど前、シアが日に日に大きくなるお腹を抱え、たった一人でこの国に来た時、たまたま見かけた求人広告を頼りに訪ねたのが、このエリヤが社長を務める貿易商の事務所だった。

普段はあちこち飛び回り、事務所に滅多にいることのないエリヤが、その日に限って在席していたのも、シアにとって幸運だった。

すぐにシアが訳ありだと見抜いた彼は、住むところと仕事を世話してくれた。シアの外国人居住権も取得してくれて、だからシアは安心してミランを産むことができた。生まれたミランの特徴を見て、王都で暮らすことを怖がるシアに、マーゴの下宿先を紹介してくれたのもエリヤである。

マーゴはエリヤの妹の姻戚《いんせき》にあたるのだそうだが、詳しい話はシアも聞いていない。ともかく、今こうしてミランと不自由なく暮らしていられるのは、すべてエリヤのおかげと言っても過言ではない。

エリヤは「持ちつ持たれつ」と言ってくれるが、母国でガラクタと呼ばれた製品を定期的に買い取ってくれて、他にもいろいろ親戚みたいに面倒を見てくれる。感謝してもし足りない。

「いつか俺の発明品で一発当てて、お金持ちになったら、エリヤに恩返しするね」

シアはもう何度目かになる誓いを、改めて口にした。

エリヤは大手貿易商の三代目で、すでに大金持ちだ。この家は会社から歩いていける場所にある、小さなテラスハウスだが、郊外にお城みたいな本宅を持っている。実家は別にあるそうだから、とんでもない富豪である。

お金に困っていないのは知っている。でも感謝は常に伝えたい。

「はいはい、期待してるわ。冗談じゃなく、あなたの発明がもうちょっと実用的になれば、特許料だけで食べていけると思うわよ」

「俺も、それを期待してるんだけどねえ」

この国に来てから、エリヤの勧めでいくつか自分が作った発明品の特許を取った。

音の出る目覚まし時計に使われている技術も、その一つだ。ある発明を研究している途中、副産物として生まれたのだが、人工的な音を機械で発生させるのである。

我ながら天才的な発想だと思うのに、今のところ、目覚まし時計くらいにしか技術が使われていない。

特許で儲かったら、マーゴの家の近くに設備のしっかりした工房を建てて、村のために自動車を一台買いたい。あれがあれば、馬がいなくても近くの街まで自由に行き来できる。

ただ、他にいくつかある特許も、今のところ使われることがないのだった。

「まあ、今の個人工房では、研究にも限界があるわよね。シアの研究だって、もっといい設備があれば進められるのに」

個人の設備には限界がある。それでもエリヤのおかげで、地方の個人工房にしては良い設備を整えられているのだ。

「まあ、一つの研究に固執しなくても、他にもいろいろ案があるしね」

ただあまり、実用化しても売れていないだけで。

母国では、シアが特許を取った発明はどれも、子供だまし、子供のいたずらと言われていた。

シア自身と、そしてもう一人の友人だけが、発明品の可能性を信じていた。

しかし、物作りで世界の首位に立つ先進国でも通用しないのを見ると、やっぱり自分の発明は使えないガラクタなのかもしれないと思う。

「諦めなさんな。あなたには期待してるんだから。いつか恩返ししてくれるんでしょ」

「うん。今研究してる奴は、成功すればかなり使い道があると思うんだ」

「その時はぜひ、うちの会社と専売契約してちょうだい」

笑いながら言うエリヤが、ふと真顔になる。

「頑張りなさい。あなたには才能があるんだから。誰も無視できない物を発明して、うんと有名になるの」

「有名は、困るな」

「ううん。誰もシア・リンドの名前を知らない人がいないくらい、名前が知られればいい。そうすれば、あなたたち親子においそれと手を出すことはできなくなるでしょう。……たとえ王様であってもね」

最後の言葉は、うんと小さく、シアにだけかろうじて聞こえる程度の声でつぶやかれた。

万が一にもミランに聞かれないように、という配慮だろう。

「俺もわかってるんだ。このままずっと暮らせないってことは。少なくともあの子にはいつか、俺たちのことを話さなきゃならない」

ミランは日々成長している。そのうち、自分の種族についても疑問に思う年齢になるだろう。

ミランは獅子族だけど、内緒だよと教えている。外ではピューマ族と言うように、と教えていて、ミランも今のところそれを守っているが、なぜピューマ族と名乗らなくてはならないのか、そのうち疑問に思うはずだ。

それに学校に上がれば、いつまでも人前で尻尾を隠し続けることはできない。

ピューマだと言い張ったところで、尻尾を見れば種族は一目瞭然《いちもくりょうぜん》である。

あの希少な種族の子供が、隠れるように田舎の村で暮らしていると、噂になるかもしれない。

そうなったらこの国は、そしてあの人は、どんな行動を取るだろう。

ミランと引き離されたくない。シアはどういう条件を出されようと、ミランを手放す気はない。少なくとも、あの子が心から笑って幸せに暮らせる環境を約束してくれるのでなければ。

「大丈夫よ」

思い詰めた顔をしていたのだろう。エリヤがポンと、軽くシアの肩を叩いた。

「いざって時は、私も力になる。うちはただの商家だけど、そこらの貴族に負けないくらい人脈があるんだから。国家権力だってそう好き勝手にはさせないわよ」

エリヤは微笑む。彼が様々な人脈を持っているというのは、謙遜《けんそん》ではない。

きっと、シアとミランにとって望まぬ事態が起こった時、彼は本当にできる限りのことをしてくれるだろう。

ありがたいし、頼もしい。

それでも、シアは覚悟しておかなければならないのだろう。

いつか、それがいつかはわからないけど必ず、この平和が壊れる時がやってくる。

ミランのためならば、何にだって立ち向かうつもりだ。でも相手はとてつもなく大きな存在で、対する自分はあまりにちっぽけだ。

どんなに勇気を奮《ふる》っても、不安はなくならない。

「そんなに深刻な顔しないの。浮き世のことは、私に任せなさい。あなたができるのは、発明で一発当てること。期待してるんだから、頑張ってよ」

エリヤは言い、長い指でつん、とシアの頬《ほほ》を突《つつ》く。一回り年上というのもあるが、どうもこの友人は、自分のことを子供扱いする。

「浮き世って。俺だってね、この国に来てからはそれなりに、社会の荒波に揉《も》まれてるんだから」

ほんのちょっとだけだが。王都ではエリヤに守られ、村ではマーゴに世話を焼かれて、一児の親としては情けないことはわかっている。

でもそんな今でさえ、この国に来る前の自分に比べれば大人になったといえるだろう。本当に世間知らずだった。

「知ってるわよお。出会った時のあなたってば、ミランよりお子様だったもの。よくまあ、海を渡って異国の地まで辿り着けたわよ」

「それは俺も思う」

しみじみうなずくと、「自分で言ってる」と、軽く肩を叩かれた。

それからエリヤと、しばらく酒を飲みながら他愛もないおしゃべりをした。話の三分の二は、今エリヤが贔屓《ひいき》にしている劇団の役者の話だ。

役者くんがかっこいいだの可愛いだの、きゃいきゃいはしゃぐのに付き合い、シアも対抗するようにミランについての親バカ話をして、深夜近くにお開きになった。

「おやすみ。部屋には念のため、鍵をかけておいてね」

それぞれの寝室に引っ込む際、エリヤから言われた。シアは素直にうなずく。

ミランが眠る寝室に入ると、言われた通り内側から鍵をかけた。

今まで何度もこの家に泊まって、シア自身は寝室に鍵をかける必要性を感じたことはないが、それでも彼が少しでも不安に思うなら、取り除かねばならないと思う。

エリヤはアルファだ。

以前、眠っているところを、発情期《ヒート》のオメガに夜這いされた経験があって、それが忘れられない悪夢なのだという。

人間や、獣人でもベータにとってはなかなか想像しづらいことだけど、アルファとオメガには、自分たちの意志ではどうしようもできない身体的構造がある。

オメガには、他の性別にはない発情期というものが存在する。

頻度《ひんど》は種族にもよるというが、ほとんどの種は一か月から二か月に一度、一週間ほどの期間、身体の疼《うず》きと倦怠感《けんたいかん》を覚える。

そしてその期間、オメガ特有の香りを放つのだ。

この香りは、アルファのみが感知することのできる香りで、これを嗅《か》いだアルファも漏れなく発情してしまう。理性では抑えきれない。発情は生物の本能だからだ。

発情したアルファとオメガは、本人たちの意志とは関係なく性交に及んでしまう。

アルファとオメガの交配による妊娠率は、発情期に限りほぼ十割だと言われている。逆に、発情期以外ではまず妊娠しない。

だから、オメガは発情期になると家にこもることが多い。街中を歩いていて、アルファ性を持つ不特定の相手に襲われることがあるからだ。

逆に、アルファが発情中のオメガに襲われることもある。エリヤのように。

アルファはその逞しく美しい身体的特徴のせいか、古くは英雄の性とも呼ばれてきた。権力者や富裕層にはアルファが多く、逆にオメガは被差別層に追いやられることが多かった。

比較的自由で差別が少ないといわれる、このルフス国でさえ、その傾向があった。

オメガが玉《たま》の輿《こし》に乗るために、発情期を狙《ねら》って金持ちのアルファに近づき、わざと妊娠するという行為が実際にあるのだ。

その場合、オメガが加害者であるにもかかわらず、身体的に力の強いアルファが加害者のようにいわれる。あるいは、抵抗できたのにしなかったというように、謂《いわ》れのない誹謗《ひぼう》を受ける。

エリヤの場合は未遂だったそうだが、それでも十分恐ろしい。

その恐ろしさを、シアは身をもって知っている。

近年、オメガの発情抑制剤が開発され、ルフス国でも医師の診断で処方されるようになった。

これによって、オメガの発情の症状はだいぶ軽減されるようになったようだ。少なくとも、家にじっとこもるしかなかった時代に比べればましといえよう。

ただ、抑制剤はそれなりに値が張るので、貧しい家のオメガは買えないこと、体質によってひどい副作用があるようだ。

ただし不幸中の幸いとでもいうべきか、シアに限っていえば、この抑制剤を使う必要もなければ、オメガの発情でエリヤを脅《おびや》かす恐れもなさそうだった。

シアには発情期がない。

いや、以前はあった。ミランを身ごもる前の二度、発情期を経験したが、それ以降はミランが生まれてからも、一度も発情期を迎えていない。

これは普通のオメガとしては異例のことだ。

どうしてなのか、理由はわからない。

そもそも、バース性が存在しないはずの人族になぜ、オメガが発現したのか。

ミランを産んだ病院で身体を調べてもらったが、詳しいことはわからなかった。

このまま発情期がないかもしれないし、いつかまた、不意に訪れるかもしれない。自分の身体は不可解で、不安は常にある。

身体のことだけではなく、ミランの将来を考えると、眠れなくなる日もあった。

でもこうして、ミランは元気にすくすく育っているし、エリヤやマーゴたち、親身になって助けてくれる人たちもいる。自分はなかなか、幸せ者ではないか。そう思うのだ。

（仕事、頑張ろう）

ベッドに潜り込み、シアは意気込んだ。

ミランのために、それからいつか、エリヤやマーゴ、その他いろいろお世話になった人たちに恩返しできることを目指して。

隣ではミランが、気持ちよさそうな寝息を立てている。安らかな寝顔を見ていると心が癒《いや》されて、シアはゆっくり眠ることができた。

翌日、シアとミランは百貨店に出かけた。王都で一番大きいといわれていて、五階建てで玄関口に「動く階段」がある。

ルフスは先進国だけあって、王都にはこういう背の高い施設があちこちに建っている。シアが生まれ育ったカーヌス国なんて、三階建て以上の建物といったら、寺院などの宗教施設しかなかった。

百貨店には王都に足を運ぶたびに訪れているのだが、様々な店が入っていて、決して飽きることがない。

「シア、最初に階段乗ろう。動く階段！」

目的の建物が見えてくると、ミランは興奮してぐいぐいシアの手を引っ張った。村に年に一度来る移動遊園地より、ミランは百貨店の「動く階段」がお気に入りなのだ。

まだミランが生まれる前、エリヤに連れられて初めて行った時には、「動く階段」は導入されたばかりで、大勢の人が殺到していた。

身重でこの人ごみは無理だと、二人で引き返したのを覚えている。

五年近く経った今はようやく騒ぎも落ち着いて、誰でも乗れるようになっている。ただ、百貨店は相変わらずの客の多さだった。

ミランのご所望どおり、まずは「動く階段」に乗って上の階へ行き、お店を見て回る。

今日はミランの玩具と、マーゴたちへのお土産を買う予定だ。お昼にはエリヤと合流し、百貨店の最上階に新しくできたという、大食堂で昼食を食べることになっていた。

最初にマーゴたちのお土産を買った後、おもちゃ売り場へ移動して、ミランにおもちゃを選ばせた。

王都に行った時には、こうして好きなおもちゃを一つだけ、買ってやることにしている。

今回は村を出る前から欲しい物が決まっていた。だからすぐに用が済むと思っていたのだが。

「ミラン、決まった？」

「うーん、もうちょっと」

「まだ悩んでるの？　今回は、機関車の模型を買う予定だったろ」

「でも、このクマさんもほしいの。まよっちゃう」

ミランはおもちゃ売り場に着くなり、目当ての模型に飛びついた。そのままレジに持っていけば終わりだったのに、すぐ隣のぬいぐるみ売り場を見つけ、心を奪われてしまった。

ミランはクマが好きだ。クマのぬいぐるみや、クマの絵本、クマにまつわるものを何でも収集したがる。

「クマさんは今度にしたら？　家に似たやつがあるよ」

「うん。でもこれは、ちがうクマさんだからね。しろーとにはわかりにくいけど」

「またへんな言葉覚えて」

シアはため息をついた。

普段は聞き分けがいいのだが、たまにこうして一つのことに執着する。

店の前の階段ホールにある時計を見ると、そろそろ十二時だった。エリヤと大食堂の前で待ち合わせている。

大食堂はこのすぐ上だが、人気なので早く並ばないと席が埋まってしまうだろう。

（それにしても、急に人が増えた気がするな）

今日は平日だ。王都の人々はたいてい、七曜日を休息日にしているので、いつもにぎわう百貨店も、平日はまだそこまで混雑しない。

おもちゃ売り場があるこの階まで上がってきた時、客はまばらだった。

それなのに、今ふと周りを見ると、いつの間にか人が増えていた。それも背広姿の男性ばかりだ。

皆、似たような作りの黒い背広とネクタイを身に着け、やっぱり黒い帽子をかぶっている。制服みたいでちょっと物々しい。

（何かあるのかな）

どうも背広姿の男たちの様子が、普通の買い物客とは違う。不思議に思った時、階段ホールからエリヤが現れた。

「やっぱり、まだここにいると思ってた」

待ち合わせは大食堂だが、シアたちの行動を見越してこちらに寄ったらしい。

「ミランが、またクマさんに魅入《みい》られてるんだよ」

「あら、今日は機関車を買うんじゃなかった？」

「そう。ぼく、なやんでるの。奥にもちがうクマさんがいて」

「どれどれ」

「あっち」

真剣な顔でミランが言い、エリヤがそれに付き合う。二人で店の奥に入っていくから、シアは「日が暮れちゃうよ」と声をかけた。

その時だった。階段ホールからどよめきが上がった。何事が起こったのかと、シアもそちらを振り返る。

ホールの時計がボーンと鳴って、十二時を知らせた。

まるでそれが合図のように、ある人物が階段を上ってきた。周りには黒い背広姿の男たちが何人もいて、その人物を取り囲んでいる。

背広姿の男たちは、護衛だ。中心にいる人物を見て、シアは理解した。

男たちは皆一様に体格が良かったが、彼らに護衛されているその人は、飛び抜けて背が高かった。長身なだけではない、誰が見てもアルファだとわかる、逞しくも均整の取れた身体つきをしている。

（なんで……）

なぜ彼が、今、ここに現れたのか。

「ねえ、あれ、あの人って……」

「え？　まさか」

周りの客もどよめいている。まさかこんなところに現れるとは、誰も思わないのだろう。

「うそ、本物？」

これだけ護衛が付いているのだ。偽物ではないだろう。

（逃げなきゃ）

幸い、向こうはまだこちらに気づいていない。シアは毛糸の帽子をすっぽりかぶっていて、そこらの獣人と見た目は変わらない。やり過ごせるはずだ。

（ミラン……）

そっと目立たないように、ミランのいるところへ行こうとした。しかし、シアがきびすを返そうとしたその時、背にしたおもちゃ売り場から、無邪気な子供の声が上がった。

「シア！　見て！」

振り返ると、ミランがクマのぬいぐるみと機関車の模型を抱えて、駆け寄ってくるところだった。

エリヤに両方買ってもらったのだろう。ミランの後ろで、エリヤがニコニコしている。

（来ちゃだめだ）

シアの異変に、エリヤがいち早く気づいた。その場でミランを背中から抱きしめる。

「ミラン、いい子ね。こっちにいらっしゃい」

ミランと共に、売り場の奥へ戻るエリヤを見て、シアはホッとした。

間一髪……そう思って再び階段ホールへ目を向け、固まった。

階下から上ってきたかの人物が、まっすぐにこちらを見つめていたからだ。

男は、信じられないというように大きく目を見開いていた。

太陽のような、黄金色の瞳だ。髪も黄金で、緩く癖のついた髪質がミランにそっくりだった。

かつては短髪だったが、今は長く伸びた髪を後ろで一つに束ねている。

それから、頭の上にある丸みを帯びた耳。シアは心の中で「ああ」と、嘆息した。

やっぱり、耳の形もそっくりだ。

「わあ、かっこいいねえ」

「獅子族……初めて見た」

周りで人々が囁《ささや》き合う。獣人たちが憧れる種族。黄金の髪と瞳を持ち、百獣の王と呼ばれる獅子族は、ルフス国の王家にのみ生存する、世界でも希少な種族だ。

「王様だ」

「国王陛下」

国中の誰もが彼の顔を知っている。五年前に彼がルフス王に即位した時、彼の肖像を印刷した紙幣が発行された。シアの財布の中にも、その紙幣が入っている。

紙幣と同じ顔の男が、今はシアだけを一心に見つめていた。何気なく逸らそうとして、失敗する。

「……シア？」

「ヴィ、ス……」

シアが名前をつぶやくと、相手の表情がぱっと明るくなった。

「シア！」

一国の君主となったのに、人懐っこい笑顔は変わらない。シアも胸がいっぱいになる。

けれど喜べなかった。早く逃げなければ。

「ヴィスラン。……ヴィスラン・ルフス国王陛下」

昔、この人が好きだった。今でも好きだ。五年経っても忘れられない。

でももう、昔みたいに無邪気に話しかけられない。

彼はルフス国王で、シアはただの外国人の平民。

そして何より、シアにはミランがいる。

第二章

シアが母国のカーヌス国にいた頃、ヴィスランはヴィスラン・ロールと名乗る留学生だった。

カーヌス国は島国だ。人族が人口の九割以上を占め、ルフス国などがある大陸とは海に隔てられているため、非常に閉鎖的な国柄だった。

世界的に見て、突出した産業や資源があるわけでもなく、人族がほとんどを占める島国をヴィスランが留学先に選んだのは、カーヌス国が閉鎖的だったからだろう。

外交官や一部の商人はともかく、一般の国民は国外のことをほとんど知らない。まして、大陸に数《あま》

多《た》ある国の一つ、ルフス国の情勢など、人々の耳に入るはずもなかった。

だから今から六年ほど前、シアが学ぶ大学の大学院に、国外から獣人の留学生が来ると知った時、大学中がざわめいたものだ。

留学生自体、数が少ないのに、獣人の留学生なんて。

「ルフス人だって。大学寮に入るらしい」

「獣人って、発情期になると誰彼構わずヤるんだろ。大丈夫なのかよ」

学生たちは不安と好奇心でいっぱいで、本当か嘘かわからない噂で盛り上がった。

シアはそんな学生たちを、一歩離れた場所から冷ややかに眺めていたが、シアにも獣人に対する偏見がなかったわけではない。

おそらく、物を知らないという意味では、他の学生よりシアのほうが獣人に対する偏見は強かっただろう。

生まれた時から孤児院にいて、ずっと学校と孤児院との往復の生活だった。学校と孤児院以外の、外の世界を知らない。

シアは赤ん坊の頃、孤児院の前に捨てられていたのだそうだ。だから出自はわからない。人族で、黒い髪と瞳という、カーヌスではごく当たり前の特徴からは、親を探す手掛かりになるものは何もなかった。

親がいないことで寂しい思いもしたし、自分を捨てた親を恨《うら》めしく思うこともあったが、孤児院での生活はそう悪いものではなかった。

施設では、貧しさを経験したことがない。国営の孤児院で、食べる物も着る物も、不足したことは一度もなかった。

孤児院にはさまざまな事情の、いろいろな性格を持つ子供たちがいたが、シアは幼い頃から大人しく引っ込み思案で、親しい友達はほとんどいなかった。

神経を張り詰めて周囲の人々の反応を窺《うかが》うより、一人で本を読んだり勉強している方が楽しい。そんな子供だったから、学校の成績だけはいつもよかった。

孤児院から高等学校まで通い、成績優秀だったため、特待生となって大学に入学した。カーヌス国の最高学府といわれる大学である。

シアはそこで、理工学を専攻した。世界全体に工業化の波が押し寄せる中、カーヌス国も無関係ではいられず、国も昨今、特に力を入れている分野だった。

大学は楽しかった。友達は相変わらずいないし、おかしな研究ばかりするので、あまり実習の評価は良くなかったけれど、興味のあることを突き詰めて研究できる環境に感謝していた。

四年間、大学で学んだ後は、さらに大学院に進んで研究者になるか、国のしかるべき機関で働くことになるだろう。

孤児院出身としては、この上もなく理想的な出世コースだ。シアは特に野心もなく、ただ漠然と目の前に延びる道を歩き続ける、そんな人生を送っていた。

ヴィスランが留学生としてやってきたのは、シアが大学三年生になってすぐのことだ。

「シア・リンド。君の部屋に明後日から、留学生が入ることに決まった。例の、ルフス国からの院生だ。よく面倒を見てやってくれ」

学生寮の舎監から、突然そう言われた。

シアが暮らす学生寮は、学部生から院生、それにほんのわずかではあるが留学生まで、大学に在籍するほとんどすべての学生が暮らしている。男子だけで、女子寮は遠く離れた場所にある。

入学したての頃はだいたい四人部屋に押し込められ、二人部屋のちょっとましな寮へは、空きがあれば申請した順に転寮できる。

先輩が卒業すれば二人部屋の寮が空くので、二年か遅くとも三年にはみんなが二人部屋に移ることができた。

シアは運よく、二年生の半ばに転寮できた。校舎の一番端にある、角部屋である。

さらに運のいいことに二年生が終わってすぐ、同室の先輩が就職の都合で一足早く退寮した。休暇中に学生たちは実家へ戻るから、この休暇の間、シアはずっと、のびのびと一人部屋を満喫していたのである。

三年の一学期には、新たな同居人がやってくることはわかっていたが。

「四人部屋じゃないんですね」

明らかな特別扱いだ。みんな、無秩序で不潔な四人部屋ではなく、ちょっとだけ綺麗で設備のいい、二人部屋に入りたがっているのに。

「仕方がないだろ。ほら、彼は獣人だし。それに実はここだけの話だが、留学生は一般人じゃない。ルフス国のお貴族様なんだ」

そういえばルフス国は王政で、貴族もいるのだった。カーヌス国は二百年前に王政と貴族制度が廃止され、表向きは一律みんな平等な身分だと教えられてきたので、貴族というのは物語の中の存在でしかなかった。

「やだな」

シアは率直に思いを口にした。お貴族様なんて、きっとお高く留まっているに違いない。おまけに獣人ときている。言語は同じ西方語を話すはずだが、外国人と話したことがないから、本当に話が通じるのかどうかもわからない。

同国人の友達もできないのに、異国の獣人と仲良くなんてできるだろうか。

「そういえば、うちにも獣人の学生がいましたよね。彼らはどうしてるんです」

この大学にもほんのわずかだが、獣人の学生がいる。同じ寮内では見かけたことがないので、別の寮に住んでいるはずだ。

提案してみたが、彼らはみんな、自宅や親戚の家から通っているのだそうだ。偏見の強い学内で寮生活などして、周りからいじめられることを恐れているのかもしれない。

「それにバース性のこともある。留学生はアルファらしいんだ」

「バース性？　ああ」

そういえば、獣人にはそういうものもあるのだった。人族ばかりのカーヌス国では、バース性は特に話題にも上らない。役所の書類だって、性別の欄は男か女を書くだけだ。

「そういうわけだ。アルファといっても人族には関係ない。近くに発情中のオメガがいなければ、発情もしないそうだから。まあ、人間と変わらないだろ」

最後は放り投げるように言って、舎監は去ってしまった。

面倒を押し付けられた気がしなくもないが、もう決定事項なのだ。

シアはその日、大学の図書館に行き、ルフス国と獣人のバース性について書かれている本を片っ端から読んだ。

どちらについてもあまり文献は豊富ではなく、通り一遍のことしかわからなかった。

アルファは舎監が言っていた通り、オメガの発情に当てられない限り発情することはなく、人間と変わらないらしい。オメガだって、発情期中は自衛のために家にこもることが多いのだとか。

獣人が誰彼構わずヤる、というのは下卑《げび》た噂に過ぎなかった。

ルフス国は王政で、王族であるルフス家は獅子族なのだそうだ。獅子族は百獣の王と呼ばれ、世界的にも希少な種族なのだとか。

「留学生は、何族なのかな」

年はいくつなのだろう。あまりにも威張り散らした奴だったら、いっそ四人部屋に移りたい。

せっかくの新学期なのに、不安ばかりが募る。

戦々恐々とする間に時間が過ぎていき、二日後、留学生がやってきた。


「ヴィスラン・ロールといいます。まだカーヌス国に来たばかりなので、いろいろと教えてもらえると嬉しいです」

その日の夕方、舎監に伴われてシアの前に現れた留学生は、びっくりするほど大柄な男だった。

首をうんと曲げないと、相手の顔が見えない。学生寮の天井がとても低く見える。

驚くのはそれだけではなかった。ヴィスランと名乗る男は、そんな巨軀なのに手足の均整が取れていて優美だった。その上、顔立ちが大変に美しい。

金色の髪と瞳が天使みたいにまばゆくて、シアは何度もまばたきしてしまった。

貴族だけあって、上等な背広を身に着けている。革靴もピカピカだし、両脇にある二つの大きな旅行鞄は、凝った作りで金がかかっていそうだった。

背広の型も靴も、カーヌスでは見たことがないくらい、洗練されていて垢抜《あかぬ》けている。貴族の上に、大金持ちなのだろう。

それでいて、ヴィスラン本人は尊大な雰囲気がまるでなかった。少しはにかんだように、目を細めて微笑むので、人懐っこく見える。

貴族だからってへつらわないからなと、身構えていたのに、拍子抜けした。

「あ、えっと、シア・リンドといいます。初めまして」

ギクシャクしながら、シアは差し出された手を握った。手もシアよりうんと大きくて、でも柔らかかった。

舎監は二人を引き合わせると、これで用は済んだとばかりに、さっさと行ってしまった。

「あっ、荷物。運ぶの手伝うよ」

いきなり二人きりにされて気まずい。廊下に並ぶ他の部屋のドアが小さく開いていて、そこから学生たちが好奇心に満ちた目で窺っているのも、居心地が悪かった。

みんな、ヴィスランと直接話す勇気はないけれど、気になっているのだ。

シアが促し、ヴィスランの旅行鞄を一つ持とうとしたが、大きくて重くて、両手でもなかなか持ち上がらない。

「ありがとう、大丈夫だよ。ドアを開けてもらえれば」

ヴィスランはそれを、片手でひょいと持ち上げた。片手に一つずつ、岩みたいに重い旅行鞄を提げると、目を丸くしているシアに、クスッと笑う。

「獣人は力持ちなんだ」

それから、冗談めかしてそう言った。シアは驚きながらもドアを開ける。

「意外と広い。中は個室なんだね」

鞄を難なく運び込み、ヴィスランは物珍しそうに部屋を見回した。

「まあ、広さだけはね。個室っていうか、仕切りを付けただけだけど」

大学は土地が余りまくっているので、寮も広さだけは十二分にある。

二人部屋も簡素な造りだが広い。前の住人が部屋の中央に木材で簡単な仕切りを作っていて、半個室のようにしてあった。

とはいえ、仕切りがあるだけで入り口から両方の部屋が見える。お互いの声や気配は筒抜けだ。

「こっちがあなたの部屋。好きに使って構わない。ランタンは一人一つ。夜は廊下も暗いから、お手洗いに行く時は持っていったほうがいい」

シアは簡単に室内の説明をした。そうしながら、ヴィスランの反応を窺う。

学生寮は基本的に、何でも共同だ。カーヌス国は大陸の国と習慣も違うだろうし、外国のお貴族様に耐えられるだろうか。

相手の表情が曇ることを想像していたのだが、ヴィスランは何を説明しても、興味深そうにうなずくだけだった。

「想像よりずっと広くてよかった。俺は身体が大きいから、部屋も窮屈だろうと思ってたんだ。ベッドはちょっと、足がはみ出そうだけど」

やがてヴィスランは、おっとりとそんなことを言った。

「勉強机も、あなたにはずいぶん小さそうだけど」

「あ、ほんとだ。でもなんとか、お尻は入るかな」

シアに言われて初めて気づいた、というように、ヴィスランはいそいそと椅子に座る。ごく平均的な大きさの椅子だが、ヴィスランが座ると子供用みたいに小さかった。どう見たって窮屈そうだ。

「まあでも、何とかなるよ」

ヴィスランはやっぱり、おっとりしている。

あまりにも鷹揚《おうよう》なので、もしかしてこの男はちょっと頭のネジが緩んでるのかなとシアは思った。この大学に何年いるつもりか知らないが、ちょっとどころかだいぶ足がはみ出したベッドで、毎日眠るのは辛いだろう。小さな椅子と机では、勉強だってしにくいに決まっている。

しかし、設備に文句があったとしても、今はどうにもならない。

「食堂はあとで、食事の時に案内するよ。浴場も。温泉を引いてあるから、お湯は使い放題だ」

そうは言ったが、大したものではない。熱湯が湧《わ》き出る小さなため池と、温度を調整するための井戸水があるだけだ。湯船もない。

「へえ。それはすごいな」

どんな浴場を想像しているのか、男は嬉しそうに言った。シアは男の呑気《のんき》さに不安を覚える。

こんな能天気な男が、人族の学生たちの好奇と嫌悪に晒《さら》されながら、寮生活を続けられるだろうか。

(暴力沙汰は、心配なさそうだけど)

この逞しい巨軀に喧嘩を売る学生は、滅多にいないはずだ。たぶん。

獣人の同居人なんて面倒だなと思っていたのに、気づけばシアは、呑気すぎる男のことをあれこれ心配していた。


ヴィスランは、シアの三つ年上の二十四歳。母国ルフスの大学では、経済学を専攻していたそうだ。カーヌス国の大学院でも、経済学を学ぶらしい。

大学卒業後の数年は、実家の手伝いをしていたそうだ。それがどうしてカーヌス国くんだりまで留学することになったのかと聞けば、

「家にいると、周りが結婚しろってうるさくてね。俺はまだ独り身でいたいし、末っ子だから跡継ぎを無理に作る必要もないと思うんだけど。それに一度、外国暮らしをしてみたかったんだ」

などという答えが返ってきた。そんな理由で留学をするなんて、どうりでのんびりしているはずだ。

金持ち貴族の末っ子で、さぞかし甘やかされて育ったのだとシアは思った。

ますます、この偏見と差別の強い国でやっていけるのか、不安になる。

食事の時間になり、シアはヴィスランを連れて学生寮の食堂に向かった。

こちらはまったく予想通り、学生という学生が見世物を見るみたいな目で、ヴィスランを見た。

中には、あからさまに侮蔑《ぶべつ》の言葉を投げてくる学生もいて、シアも巻き込まれた。

「でかいな。大陸の獣人って、あんなにでかいのか」

「やっぱり俺、獣人って無理だな。間近で見ると気持ち悪い」

「シア・リンド、ケツを掘られないよう気をつけろよ。獣人は男同士でもヤるからな」

みんなが聞こえよがしに、言いたいことを言う。シアは自分に下卑た言葉を投げた同級生を、じろりと睨みつけた。

隣を窺うと、ヴィスランは穏やかな微笑みを浮かべたまま、真っすぐ前を見ていた。まるで心無い言葉など聞こえていないかのようだ。でも、聞こえていないはずはないだろう。

厨房《ちゆうぼう》の給仕係から食事の皿を受け取って、二人で空《あ》いている席に座る。食堂も広さだけはあって、あまり目立たない席を確保することができた。

ヴィスランはカーヌス国の習慣をよく勉強してきたらしく、シアが教えなくてもこの国の食事の作法をしっかり守っていた。

学生寮の食事は、お世辞にも美味《おい》しいとは言えない。いや、はっきり言って不味《まず》い。味に無頓着《むとんちやく》なシアでさえ、時々うんざりするくらいだ。外国人にはどんなふうに感じるだろう。

ヴィスランの食事の所作は、ただただ綺麗で優雅で、そこからは彼が何を考えているのか窺えない。

「ごめんね」

味の薄いパン粥《がゆ》を優雅に口に運ぶヴィスランに、シアはそっと声をかけた。ヴィスランは手を止めて、軽く首を傾《かし》げる。

「ん？　何のこと？」

「いや、周りの連中がさ。感じが悪くてごめん」

「ああ」

なんだそんなこと、というように、ヴィスランは気に留めていない様子で微笑んだ。

「君が謝ることじゃないのに。それにこれくらい、どうってことないよ。カーヌスが人族ばかりで、獣人族が奇異の目で見られることは最初からわかっていたから。正直、予想よりお行儀が良くて拍子抜けしたくらいだ」

「……あなたは、なんて言うか、大物だな」

思わず感心してしまった。おっとりしたお坊ちゃんだと思っていたけど、意外と肝《きも》が据わっている。

「ヴィスでいい。ヴィスって呼んでくれ。君のことも、シアでいい？」

そして意外と押しが強い。断る理由もなく、ヴィス、シア、と呼ぶことになった。

それから二人でぽつぽつ会話を交わしながら、夕食を食べた。

その間も周りから、遠慮のない視線と心無い言葉を投げかけられることがあったが、ヴィスランは聞こえていないかのように振る舞った。

シアは最初のうち、それでもヴィスランが腹を立てたり傷ついたりしているのではないかとやきもきしていたが、彼が本当に何とも思っていないのだとわかり、気にしないことにした。

遠巻きにして、聞こえよがしに悪口を言う連中に、神経を割くのも労力の無駄だ。ヴィスランがちらりとも連中を見ないのは、きっとそういうことなんだろう。

シアはついつい周りを気にしてしまうから、かっこいいなと思った。

そして向かい合ってよく見ると、やっぱり彼は美形だ。全体的に男らしいというか雄っぽい。自然界にいる猛獣は、雌より雄の個体の方が身体は大きいという。

ヴィスランは雄の中の雄、という感じだ。もしかするとこれが、アルファの特徴なのかもしれない。

話していると、時おり覗く犬歯が人族より大きい。何もかもが自分とは大人と子供くらい違っていて、彼に本気で襲われたらひとたまりもないのだろうと想像できる。

もちろん彼は、人を襲ったりなんかしないだろうが。

しかし、彼の大きな口や手、牙《きば》を何の気もなく見ているうちに、不意にうずうずと劣情にも似た感覚がこみ上げてくる。

牙を持った獰猛《どうもう》な獣を前にして、殺される恐怖と甘噛みされる快感を同時に味わっているような……そんな、倒錯めいた悦《よろこ》び。

(快感って。何考えてるんだ、俺は)

相手は獣人で、しかも男なのに。

同性同士でおかしな気分になるなんて、変態だ。同性ばかりの学生寮ではたまに、そういうおかしなこともあるらしいが、あくまで一過性のものとされている。恋愛は男と女がするもの。

同性同士が恋愛や、まして性交するなんて変態か獣人のすることだ。

シアは子供の頃から、周りの大人にそう言われて育った。

恋人どころか友達さえいないシアは、誰かを好きになることもなかったから、今まで男同士の恋愛など、気にも留めていなかったが。

(初めて獣人と親しくするから、浮かれてるのかな)

不意に湧き上がった感覚を、ただの気の迷いだと断定した。

その後、食事を終えると、シアはヴィスランを寮のあちこちに案内し、それから風呂に誘った。

「さっきも言った通り、お湯はいつでも好きなだけ使えるから、自由に使っていい。けど、ヴィスが嫌でなければ、これからしばらく一緒に入ろう」

食堂より、みんな裸になる風呂場の方がからかわれやすい。シアも孤児院出身というだけで、一年生の頃は心無いからかいを受けた。もっともそれは、大学以前も同様だったが。

「ありがとう」

なぜシアが一緒にと言ったのか、皆まで言わずともヴィスランは理解したらしい。美形で肝が据わっているだけでなく、聡明なのだ。

「俺はありがたいけど、シアには迷惑をかけるな。どうしてそんなに親切にしてくれるんだい」

「どうして、って」

真っすぐな瞳で見つめられて、戸惑った。

「舎監に頼まれたからだけど。同室として面倒見るようにって」

正直に打ち明けると、ヴィスランの頭のてっぺんで、耳がへにょっと横に倒れるのが見えた。

「舎監に頼まれたから……そうか。そうだよね」

目に見えて落ち込んだ顔をするから、シアは慌てた。しまった、正直に言いすぎた。

「い、いや。頼まれたのは本当だけど。それはまあ、取っ掛かりというか」

「大丈夫、気をつかわなくていいよ」

大男が儚《はかな》げに微笑むので、シアは罪悪感で胸がチクチクした。

「つかってないよ。正直、最初は異国の獣人で、しかもお貴族様と同室なんてって、思ってたけどさ。ヴィスが予想外に感じのいい人だったから、好意を持ったっていうか」

シアが必死に言い訳している途中から、ヴィスランがクスクス笑い出した。

「ありがとう、シア。俺も、同室が君みたいに素直でわかりやすい善人で、良かったと思ってる」

満面の笑みを浮かべるヴィスランは、ちっとも傷ついていなかった。からかわれたのだ。

「わかりやすくて悪かったな」

睨むとまた、クスクス笑われた。でも、嫌な感じではなかった。

それから二人で風呂場に向かった。

風呂場が一番混む時間を過ぎていて、人はまばらだったが、ヴィスランが入ってくると中にいた学生たちはそそくさと出ていった。

脱衣所で服を脱ぎ、浴場へ移動する。当然、二人とも裸になったのだが、シアはついついヴィスランに視線を向けてしまう自分を止められなかった。

服を着ていてもある程度わかっていたが、ヴィスランの身体はがっしりとした筋肉で鎧《よろい》のように覆われていた。腹が引き締まって六つに割れている。

足の間に下がる一物も、身体に見合ってずっしりと大きい。シアは自分の物が恥ずかしくなってつい、前を隠してしまった。

ヴィスランは、そんなシアをちらりと見て、軽く唇の端を引き上げたものの、何も言わなかった。

それよりも、浴場の中心に湧き出るお湯に興味を引かれているようだ。

「あのため池から出てるのが温泉？　本当に地下からお湯が出るんだな」

言いながら、先に立って歩く。臀部《でんぶ》は引き締まっていて、尻のあわいの切れ目から、鞭のようなほっそりとした尾が長く伸びていた。先端に、黒い房が付いている。

「不思議な尻尾だね」

ふりふりと左右に揺れる尻尾を見つめて、シアは思わず内心を口にした。

身近に獣人がいないから、あまり尻尾を見る機会もなかった。それでも何度か目にした彼らの尻尾は、大抵ふかふかと全体が長い毛に覆われていた。狐と猫の獣人だっただろうか。

「そういえば、ヴィスランは何族なんだ？　獣人と一口に言っても、いろいろ種族があるんだろう？」

お湯のため池に向かっていたヴィスランの足が、ぴたりと止まった。尻尾がぶん、と勢いよく振られる。こちらの視線を振り払うように見えたので、シアは急いで「ごめん」と謝った。

「こういう質問、そっちの国では不躾なのかな」

ヴィスランは首だけひねって振り返り、「いや」と、シアを見つめながらつぶやく。

真顔が少し怖かった。そういえばヴィスランは、出会った時からずっと、薄っすらと微笑みをたたえていたのだ。

「気を悪くしたならごめん」

せっかく初対面の相手とうまくいっていたのに。もう聞かないでおこう。

シアが肩を落としていると、ヴィスランは身体ごとこちらを振り返った。

「いや、何も不躾なことは言ってないよ。こっちこそ、ごめん。俺たちの国では、聞かなくても外見で何となくわかるものだから。何族かって尋ねられることが少ないんだ」

正面を向いたヴィスランは表情を和ませていて、もう怖くなかった。

「俺は獅子族だよ」

「獅子？　え、じゃあ、王族ってことじゃないか。ルフス国って、獅子族が治めてるんだろ。しかも獅子族は希少だって」

驚いて声を上げると、ヴィスランも驚いた顔をした。

「そのことは知ってるんだね」

「図書館で本を読んだんだよ。ルフスからの留学生と、しかもアルファと同室になるって聞いて、いちおう基礎知識は身に付けておかないとと思って。一日かそこらの付け焼き刃だから、ルフスのこともバース性のことも、あまり詳しくないけど」

「真面目なんだ、シアは」

ふふっと笑う声が、シアの耳をくすぐる。うずうずして、シアは首をすくめた。

「獅子族だけど、王族じゃなくて貴族だよ。同じ獅子族だから、先祖には王族がいるけど。希少種って言っても、そこまで珍しいわけじゃないんだ」

「へえ、そうなのか。でも、貴族でもじゅうぶんすごいよ」

王族でも貴族でも、大学という場所でなければ、シアとこうして親しく風呂に入るなんてことはなかっただろう。

「でも、今はただの学生だから。身分は気にせず仲良くしてほしいな」

仲良くしてほしいなんて、今まで誰からも言われたことはなかった。なんだか嬉しい。

「うん。これからよろしく」

手を差し出すと、ヴィスランも嬉しそうに微笑んで手を握り返す。彼の後ろで、鞭のような尻尾が軽く、ぶん、と揺れた。

その日から、ヴィスランとシアはいつも一緒に行動した。

ヴィスランは経済学専攻の大学院生で、授業は別々だったが、それ以外ではほとんどずっと一緒だった。

他の学生とは交流がなかった。シアはもともと、人付き合いが苦手で自分から人を遠ざけているところがあったし、獣人で外国人のヴィスランは寮の外でも遠巻きにされていた。

ヴィスランとすれ違うと、通行人が驚いて道を開けたり、異物を見るような目で睨んだり、あからさまに顔をしかめたりすることもあった。ヴィスランはただ、歩いているだけなのにだ。

腹が立ったけれど、シアが怒るのもお門違いな気がして、何も言えない。ヴィスランは相変わらず飄々《ひょうひょう》としていた。

ヴィスランの隣にいるのは楽しいし、居心地がよかった。

最初こそ、留学生に親切にしなければ、という義務感があったが、すぐにそんな義務感など忘れてしまった。

ヴィスランとなら、自然に会話ができる。自分は寡黙《かもく》で口下手だと思っていたのに、彼と話していると、次々に話したいことが浮かんでくる。

だからといって、一方的にシアがしゃべるだけではない。ヴィスランも同じだけ話す。

彼は知識が豊富で、専攻以外にもたくさんのことを知っていた。彼からルフス国のことを聞くのも楽しかった。

ルフス国は今、好景気で、産業が盛んなのだという。王都は物で溢れ、たくさんの商業施設が建っている。汽車も自動車も普及していて、一般人でも普通に乗れるのだと聞いて、びっくりした。カーヌス国には汽車はないし、自動車は国家元首とか、一部の大金持ちの乗り物だ。

「カーヌスが遅れてるって噂は、本当だったんだな」

可動式の階段が発明されたと聞いて、工学を学ぶシアはルフス国に行きたいと思った。

「まあ、最新技術の発明という点ではそうかもしれないけど。カーヌスも古いけどいい技術をたくさん持ってるだろ。工芸品なんか、すごく手間がかかっていて美しいものばかりだよ。それに百年前に、この国でからくり人形が発明されていたなんて驚きだった」

耳をピンと張ってヴィスランが言う。先日、大学に併設された博物館に案内したら、昔の発明品を見てすごく興奮していたのだ。

「当時のまま、技術が止まってるんだ。工芸品は確かに優れたものがあるかもしれないけど」

大学で学ぶ理工学の知識は、カーヌス国では最先端だが、ヴィスランの話を聞いているとそれも古いのではないかと感じてしまう。

「いつか、ルフス国に行ってみたいな」

世界の先端を行く街並みを見てみたい。

「ぜひ来てほしい。案内するよ」

すぐさま、ヴィスランが言った。社交辞令ではないだろう。シアが何年後かに訪ねたら、きっと彼はどんなに忙しくても、案内をしてくれる。

出会ってまだ間もないけれど、シアにはヴィスランに対する信頼が芽生えていた。

こんなに親しい友達ができたのは初めてで、それも嬉しい。今まで友人はほとんどいなかった、とシアが言うと、ヴィスランは驚いていた。

「本当に？　とっつきにくいわけでもないのに。俺はシアといると、すごく楽しいけどな」

真面目な顔で言われて、少し照れてしまった。でもヴィスランも、一緒にいて楽しいと思ってくれているのだ。

新学期の始まりから二か月ほど経って、ヴィスランの身体に合ったベッドが部屋に運び込まれた。特注品らしいが、寮のベッドは彼にとってあまりにも小さかったのだ。舎監もさすがにこれは小さすぎると、特注ベッドを入れることを許してくれた。

ベッドを入れ替えるのと同時に、シアとヴィスランは部屋の中央に施されていた間仕切りを取り払った。気心の知れた友人とおしゃべりをするのに、間仕切りはむしろ邪魔だ。

それから二人は勉強の時以外、ベッドに寝転んだり座ったりしてくつろぎながら、互いの顔を見て話をするようになった。

ヴィスランは相変わらず、他の学生たちから遠巻きにされていた。

大学院の同じ講座の学生の中には、授業中に普通に接してくれる人もいるそうだが、授業以外で気安くおしゃべりするほどの関係ではなかった。

それを聞いて、シアは思わずホッとしてしまった。ヴィスランにとって、自分が一番で唯一の友人でいられるとわかったからだ。

そんなふうに考えるべきではないと、わかっている。せっかく留学してきたのに、シアの他に友達ができないなんて悲しい。

友人なら、ヴィスランが早く大学に溶け込めるよう、協力するべきなのだ。

でも心のどこかで、孤立していることを喜んでいる自分がいる。遠巻きにされている間は、自分が彼の一番近くにいられるから。

「あのさ。うちの大学にも、数人だけど獣人の学生がいるんだ。紹介しようか」

一学期も三か月が経ったある日、シアがそんな提案をヴィスランに持ち掛けたのは、胸に抱いたやましさを払拭するためだった。

来月には定期試験があり、それが終われば長い休暇が待っている。ヴィスランが一時帰国するかはまだ聞いていないが、いずれにせよ一学期が終わる。

それなのにまだ、友人がシア一人なんて気の毒な気がする。

シアは人と接するのが苦手で、ヴィスランを除けば誰かとつるむより一人でいる方が好きだが、ヴィスランは違う。

彼は母国でのことはあまり語ろうとしないけれど、差別のない母国では、さぞ人気者だっただろう。美男子でお金持ちの貴族で、それでいて気さくで、偉ぶったところが一つもないのだ。人に好かれないはずがない。

そんな彼が遠巻きに見られている現状は、シアにはひどく残酷なことのように思えた。

「どうしたんだい、急に」

唐突なシアの提案に、ヴィスランは不思議そうに言って、ベッドから身を起こした。

夜、勉強を終えていつものように話をしていた時だ。

シアは部屋の真ん中に置かれた椅子に座っていた。大学の構内で、古くて壊れかけた椅子をもらってきたのだ。

間仕切りを取っ払い、互いの顔が四六時中見えるようになったが、部屋は広く、端と端に据えられたベッドはやや遠かった。

真ん中に、テーブルと椅子を置いたらどうだろう、と言い出したのはヴィスランだ。いいね、とシアがすぐさま乗って、とりあえず椅子を一つ、確保した。

あとはテーブルと、もう一脚椅子が手に入れば、ここで二人で酒盛りもできる。

「急にっていうか、前から思ってたんだけど」

シアは言葉を濁した。自分の中にある後ろめたさを、正直に言葉にするのは恥ずかしい。

「ヴィスは、ずっと俺とばかりいるだろ。俺は他に友達がいないからいいけど。社交的なあなたには退屈なんじゃないかって思って。獣人の学生なら、仲良くできるんじゃないかな」

「シアには、獣人の友達がいるの？」

「えっ、いや。いないよ」

「それでも紹介してくれるんだ」

呆れているのか、揶揄《やゆ》するような口調だった。

「……気分を害したなら、ごめん」

気軽な口調で提案したら、ヴィスランも気安くよろしくと返してくれると思っていた。

予想より白けた反応に、考えなしだったかもしれないと気持ちが萎《しぼ》む。こちらの後ろめたさを誤魔化すために、焦《あせ》ってしまった。

うつむいていると、向かいのベッドから、「シア」と優しい声がかけられた。

「シア、こっち向いて」

甘い声音だった。ドキッとして顔を上げる。

ヴィスランがベッドに寝ころんだまま微笑んで、こちらに手を伸ばしていた。おいで、ということだろう。

シアはおずおずと椅子から立ち上がり、彼に近づく。ベッドの傍《かたわ》らに立つと、ヴィスランはシアの手を取って握った。

大きくて温かい手に、シアの手はすっぽり隠れてしまう。彼の鋭い牙を初めて目にした時のような、不思議な高揚を覚えた。

「俺といるのが鬱陶《うっとう》しくなったから、ってわけじゃないよね？」

下から覗き込まれて、シアは「そんなわけない」と、勢い込んで答えた。ヴィスランはクスッと笑った。

「うん。わかってる。俺のためだよね。せっかく遠い異国から留学してきたのに、友達が一人じゃ可哀想だって。そんなところだろう？」

「そうだけど。同情じゃないよ。俺はヴィスの友達だから。友達のために、何かしてあげたいって思ったんだ」

でも本当は、他に友達を作ってほしくない、なんて狭量なことを考えている。友達ができてもいいけど、自分が一番でなきゃ嫌だ、なんて。それはさすがに言えなかった。

「いい奴だな、シアは。それに可愛い」

最後の声は低く、這うように耳に流れてきた。なぜかゾクッとして、シアは反射的に身を引こうとした。

しかし、手をがっちりと掴まれていてかなわない。ヴィスランを見ると、彼はにっこりと優しそうに微笑んでいて、シアは自分がどうして無意識に後じさろうとしたのかわからなかった。

「おいで」

もう一度、低く蠱惑的《こわくてき》な声がして、腕を引かれた。それほど強くはなかったが、シアはあっという間にヴィスランのベッドの上に転がされていた。

「えっ、ちょっと」

横向きに寝かされて、背中からヴィスランが抱き付いてくる。

「シアの身体は細くて小さいな。小さい子供を抱っこしてるみたいだ」

クスクス笑いながら言う。ふざけているのだろう。でもシアは、ドキドキしてしまってうまく笑えなかった。

「子供はないだろ。これでもカーヌスでは標準だよ」

辛うじて、不貞腐《ふてくさ》れた声でそんな台詞《せりふ》を返すことしかできない。顔が熱い。

彼の腕の中に身体全体が包まれると、ヴィスランに守られているような、得も言われぬ嬉しさが湧き起こる。まるで自分が女になったような、そんな気がするのだ。

背中に触れたヴィスランの胸や腹は硬く、腰を抱くその腕があまりにも太いからかもしれない。

「……どうしたの？」

ヴィスランが、ひょいと上から首を伸ばして覗き込んできた。背を向けているから、顔を見られなくて安心していたのに。顔がいっそう熱くなった。

「は、恥ずかしいんだよ。子供みたいで」

「今まで、誰かにこんなふうにされたことない？」

「あるわけないだろ。俺、親もいないし」

恥ずかしさのあまり、口調が喧嘩腰になってしまう。

「そうだよね。ごめん。じゃあ、今日は一緒に寝ようよ」

「何が、じゃあなんだ。二人じゃ狭いだろ」

「余裕だよ。特注品だもの」

確かにヴィスランのベッドは大きくて、二人でもじゅうぶん眠れそうだった。

ドキドキしながら、このままくっついていたいなと思う。でも、いい大人が男同士で、おかしいんじゃないだろうか。

「ごめん。嫌だった？　迷惑だったかな」

不意にヴィスランが、不安そうな声を出した。シアが上を向くと、心配そうな表情で見下ろしている。耳は見えないが、きっと水平に寝ているだろう。

「別に。……嫌じゃない。恥ずかしいだけで」

そんな表情を見ていると、可哀そうなことをした気持ちになって、シアはボソボソと素っ気なくもそう答えた。

「本当に？　無理してない？」

「嫌なら嫌って言うよ。俺とヴィスの仲だろ」

言うと、後ろで息を呑《の》む音が聞こえた。続いて腰に回されていた腕に、ぎゅっと力が込められる。苦しいくらい強く抱きしめられた。

「シア～ッ！」

耳もとで叫んだかと思うと、シアをぎゅうぎゅう抱きながら身体を揺らす。

「わ、え、ちょっと」

「シア。シアは俺の一番の友達だよ」

「う、うん」

ヴィスランが喜んでいる。シアも嬉しくなった。照れながら「俺も」とつぶやく。

「俺にとっても、ヴィスは一番の友達だ。あと、唯一の」

「ありがとう、シア」

子供みたいにはしゃぐ声が聞こえる。結構な勢いで身体が左右に揺れ、酔いそうになった。

「この国に留学してよかった。本当のことを言うとね、寮でも孤立することは覚悟してたんだ。きっと同居人も素っ気ないか、鬱陶しがられるか。もしくは怯《おび》えられるか。少しずつ距離を詰めるつもりだったんだけど、君が初日ですんなり受け入れてくれて、びっくりした」

「それは、ヴィスの人柄のおかげだよ」

シアだって、最初は面倒だと思ったし、獣人なんて怖いと思っていたのだ。

「俺はシアのおかげだと思ってる。君が同室でよかった」

その言葉に、じんと胸が熱くなった。ヴィスランの腕の中で、シアは小さくうなずいた。

「うん。俺も」

再び、抱擁に力がこもる。うなじにヴィスランの息が当たってどぎまぎしていたが、シアは何でもないふりをした。

彼が心から友情を感じてくれているのに、水を差すようで悪いなと思ったからだ。

「本当にありがとう。だから言うけど、君がどうしても紹介したいっていうんじゃなければ、他の人を会わせてくれなくていい」

少しして、はしゃいだ声の調子を落とし、ヴィスランは真面目な声音で言った。

「それは、友達は多いに越したことはないけど。俺は勉強をしに来たんだし、上辺だけの付き合いはいらないんだ」

「……うん」

「でも、シアの気持ちは嬉しいよ」

「うん」

沈黙が落ち、しんみりとした空気が流れた。

ヴィスランはいつまでもシアを抱き続け、シアも彼の腕の中でじっとしていた。

「──おやすみ」

しばらくして、ちゅっとつむじに口づけられた。眠くはなかったが、「ん」と眠そうな声で応じる。

胸はまだ、ドキドキしていた。

ヴィスランが大きく息をつき、身じろぎする。さらにいっそう、身体が密着した。

硬い物が背中に当たる。それが何かわかり、シアの足の間にある一物も形を変えた。

背中の物も硬くなっている気がする。でも気のせいだろう。ヴィスランの一物は、平時でもとても存在感がある。ただ大きいだけだ。

後ろでまた少しヴィスランが動き、尻のあわいに彼の先端が突きつけられた。寝間着越しだが、ちょうど窄《すぼ》まりの部分に当たっている。息をするたびにそれが意識されて、シアはどうやって呼吸すればいいのかわからなくなった。

「──寝づらい？」

くぐもった声がした。正直、寝られない。でも抱擁を解かれたくない。

「大丈夫」

だからシアはそう答えた。「ん」と声がして、しばらくした後、深い寝息が聞こえてきた。

やっぱり、意識をしているのはシアだけなのだ。

自意識過剰な自分を恥ずかしく思いながらも、シアは背中の温もりとヴィスランの規則正しい寝息を心地よく感じていた。


あっという間に一学期が終わり、夏季休暇になった。寮生のほとんどは実家に帰省する。

シアには帰る家がないし、ヴィスランもわざわざ帰国しないという。人気のない寮で、二人はのびのび過ごした。

「一学期の終わりが夏休みって、何だか不思議な感じがするな」

ヴィスランが言っていた。ルフス王国では秋に新学期が始まるのだそうだ。シアには、そちらの方が不思議な感覚だった。

夏休みの間は、二人で大学を出て街を散策することもあった。ヴィスランと出歩くのも楽しかったが、出かけなくても楽しかった。

あちこちを巡って、椅子一脚と脚の折れた丸テーブルを手に入れて修理し、安酒と寮の食堂からくすねてきた料理の残り物をつまみに、夜通し語り明かすこともしばしばあった。

構内の木陰で二人、日が暮れるまで本を読んだり、寝そべったりしてのんびり過ごすことも。

勉強もしたが、残りの時間はめいっぱい遊んだ。初めて夏休みが楽しいと思った。

二学期が始まると、ヴィスランの周りが少しだけ変わった。他の大学院生が、ヴィスランに声をかけてくるようになったのだ。

彼が一学期の終わりに提出した論文が大変優れていたそうで、同級生たちが一目置き始めたという。

大学構内では、他の学生たちと一緒にいるヴィスランを見かけるようになったし、寮でも互いに顔を合わせれば、気安く挨拶《あいさつ》をしたり、ちょっとした雑談を交わすこともあった。

そんな時、ヴィスランの隣にいるシアは決まって肩身が狭くなるのだが、シアはあえて胸を張り、何でもない顔をしていた。

シアが居心地が悪そうにしていたら、ヴィスランは気を遣うだろう。せっかく周りが打ち解け始めているのに、邪魔をしたくない。

そうした院生たちの様子を見て、他の学生たちのヴィスランに対する態度も、少しずつ和らいでいった。

「ずっと俺とばかりいてくれなくていいよ。あなたは友達も増えたんだから、もし俺に気を遣ってるなら、遠慮なんかしなくていいからね」

二学期の半ば、シアは寮の部屋でヴィスランに言った。

相手から言われる前に、自分から切り出したのだ。その方が、傷が浅くてすむ気がしたから。

「気を遣ってるのはシアの方だろう。君はまた、おかしな気を回してるね」

ヴィスランは冷静で優しかった。しょうがないなあと呆れたふうに眉を引き下げ、テーブルに置かれたシアの手をごく自然に握った。

「俺が付き合う相手は、俺が決めるよ。今、俺が君と二人でいるのは、俺がそうしたいからだ。もし君の言う通り、他の学生たちと遊びに行きたいと思ったら、我慢したりしない。まず、シアも一緒にどう？　って誘う。そこで君が嫌だと答えたら一人で遊びに行く」

真面目に自分の考えを語ってくれるヴィスランに、シアはそうか、と納得した。

彼はそういう人なのだ。シアみたいに、卑屈《ひくつ》になってもじもじ我慢したりしない。

（俺とはぜんぜん違う）

性格がまるで正反対なのだ。だからこそ自分は、ヴィスランの人柄に惹かれるのだろう。

獣人への偏見と差別の強いこの国に単身乗り込んで、堂々としている。彼は強いし、揺るがない。百獣の王そのものだ。

そのうちにきっと大学院生だけでなく、多くの学生たちがヴィスランの素晴らしさに気づくはずだ。その時、シアはヴィスランにとって一番の友達ではなくなるかもしれない。

（嫌だな）

ずっと一番でいたい。もしヴィスランに、自分以外の親しい友人ができたら、シアは絶対にその友人を妬《ねた》んでしまう。そしてそんな自分に嫌悪するだろう。胸を張ってヴィスランの隣にいることさえ、できなくなるかもしれない。

（変わらなきゃ）

唐突に、そんな考えが頭に浮かんだ。

今までずっと、一人で生きてきた。友達なんていらないと思っていた。大学に入ってもそれは変わらなかった。

でも今は、そんな自分を変えたいと思う。ヴィスランの友人でい続けるために、少しはシアも変わらなければならない。

「うん。ヴィスランの言ってることはわかった。もう変な気は回さないよ。俺、本当は人づきあいが下手なことに、劣等感があったのかも」

シアが真剣な顔で言うと、ヴィスランは楽しそうに目を細めた。

「そっか」

「うん。今後もしあなたから、『一緒にどう？』って誘われたら、きっと付いて行くよ。俺は、いつまでもヴィスランの一番の友達でいたいからね」

決意を行動で示すつもりで、シアは自分の手を握るヴィスランに、もう一方の手を重ねる。大きな手を強く握り込むと、ヴィスランは細めていた目を今度は大きく見開いた。

「俺も、少しは成長しないと」

付け加えると、ヴィスランはぽかんとした表情のまま、小さく何かつぶやいた。「まいったな」とか、そんなふうに聞こえた。

「ありがとう、シア。俺のためにいろいろ考えてくれて」

やがて再び目を細めたヴィスランは、嬉しそうに言った。握られた手を持ち上げて、シアの手の甲に軽く口づけする。

「君は最高だ、シア」

びっくりして、シアは手を離してしまった。そんなシアに、ヴィスランはふふっといたずらっぽく笑う。

「俺も、いつまでもシアの一番でいられるよう、頑張ろうっと」

「う、うん」

ヴィスランはこれ以上、頑張ることなんてないんじゃないか。そう思ったけど、彼の気持ちは嬉しかったから、素直にうなずいた。

このままいつまでも、お互いの一番でいられたらいい。

ヴィスランはいつか母国に帰るだろうし、学生時代のままではいられないことはわかっていたけれど、形を変えてもこの先もずっと、彼と繋がっていたい。

そのために自分も頑張ろうと、シアは思うのだった。

◆

カーヌス国でヴィスランと過ごした一年半余り、彼の口から自分の身の上について語られることはほとんどなかった。

ルフス王国がどんな国かはよく話題に上ったが、家族については滅多に話さなかった。

ただ時おり、話の合間に語られるのを繋ぎ合わせて、どうやらヴィスランの家庭環境が複雑だということは理解できた。

ヴィスランは末っ子だと言っていたが、正しくは男ばかり五人兄弟の末っ子で、しかも母親が違うのだそうだ。

「国民の多くは一夫一婦制だけどね。王族や貴族にはまだ昔の習慣が残っていて、側室を持つことがあるんだ」

それでヴィスランの父には、正妻の他に二人の側妻《そばめ》がいるのだという。

長男と三男を産んだ正妻、次男と四男を産んだ側妻、それから末のヴィスランを産んだ、もう一人の側妻。

ヴィスランの母は、ヴィスランが十四歳の時に亡くなったそうだ。そして異母兄の長男も、ヴィスランがカーヌス国に留学する少し前に病死したという。

それを聞いてシアは痛ましい気持ちになったが、ヴィスランはサバサバしていた。

「母のことはもう、十年も前の話だし、兄たちとは生まれた時から別々に暮らしてたからね。兄弟というか、従兄弟同士みたいな、あまり仲良くない親戚って感覚かな」

それからすぐ別の話題に移ったから、あまりこの話はされたくないのだなと思った。

古今東西、一夫多妻制の慣習を持つ国はいくらでもあるし、身分が高い家ほど、家門存続のために家庭事情は複雑になるのだろう。

家はどうあれ、ヴィスランはヴィスランだ。シアはそう考えて、こちらからは聞かないようにした。

二学期の半ばに「変わろう」と決意した通り、シアはヴィスランと一緒に少しずつ、他の学生たちと交流を始めていた。

今まで、ヴィスランと一緒にいて彼が誰かに話しかけられた時は、一歩下がって輪に入らないようにしていた。

でも変わろうと決めてからは、自分もその場にとどまって、軽く相槌《あいづち》を打ったり一緒に笑ったりする。

そうするとたまに、シアにも話しかけてくる人が出てきて、シアもぎこちないながらも会話を返したりした。

ヴィスランがいない時、大学の授業なんかでは、自分から他の学生に声をかけることもあった。といっても、隣の席になった学生に「試験勉強してる？」なんて話しかけたりとか、そんなどうでもいいことばかりだったが。

最初はぎょっとされたり、素っ気なくされて落ち込んだりもして、それでもめげずに声をかけていたら、何人かは顔を合わせれば挨拶をしたり、向こうからも声をかけてくれるようにもなった。

そんなふうに、本当にほんの少しずつだけど、シアは自分の殻《から》をそろそろと破り始めた。

でも寮では相変わらず、ヴィスランとシアは互いにべったりで、「お前らやっぱり付き合ってるんだろ？」なんてからかってくる学生もいた。

馬鹿じゃないか、と鼻で笑って相手にしなかった。彼らに対して腹を立てたり、言い返そうと言葉を選んでいたりする時間が無駄だ。

学生の時間は有限だった。そして儚い。来年はもう大学の最終学年なのだ。そのことを改めて実感し、この時間を大切にしようと思った。

「ヴィスは、いつまで院にいるつもりなの？　いつか戻って、家業を手伝うんだよね」

大学院に進学するか、就職するか、まだ悩んでいたけれど、できたらヴィスランと少しでも長く一緒にいたい。

そう思って、何気なく尋ねた。早くも季節は冬になっていた。

冬の厳しいカーヌス国では、建物内に煙道《えんどう》を巡らせて暖炉の熱を家中に運ぶ中央暖房がよく使われている。

寮では温泉の熱を利用した床暖房が張り巡らされているのだが、それでもやっぱり寒い。春から夏の間は部屋の中央のテーブルで話し込んでいたけれど、とても耐えられなかった。

ヴィスランとシアは、寒さが厳しさを増す頃、酒盛りをする代わりに、ヴィスランのベッドに潜り込んでおしゃべりをするようになっていた。

ヴィスランのベッドは大きいし、二人分の体温で布団の中はとても温かい。一人きりの布団は寒くてなかなか眠れないくらいだ。

最初は遠慮がちだったシアも、すっかり二人寝が癖になっていた。

「そういうシアは、どうするつもり？」

布団の中、向かい合わせになって冷たい足を互いに擦り合わせながら、ヴィスランが質問を返す。シアがたまたま見つけた尻尾を弄っていたら、「くすぐったい」と尻尾で軽く叩かれた。

ヴィスランは基本的に、自由に尻尾を弄らせてくれるが、先端の部分だけはくすぐったくてだめらしい。やりすぎると反撃されるが、たまにくすぐって彼の反応を見るのが楽しい。

シアは「ごめんごめん」とニヤニヤしながら謝り、なだめるように尻尾の他の部分を撫でた。

「まったくもう。いたずらばかりしてると、恥ずかしい目に遭《あ》わせるぞ」

「恥ずかしい目って何？　どんなこと？」

なんだかやらしい言い草だ。むっつりだなあとからかおうとしたら、ため息をつかれた。

「本当にされたら、シアなんて泣いちゃうだろうね。お子様なんだから。それより進路のことだろう。シアは大学院には進まないの？」

途中ではぐらかされた。お子様と言われてムッとしたが、確かに話が逸れていた。

「迷ってる。就職も進学も、これといってやりたいことがないんだよね。好きな物を作って食べていければいいけど。ゴミとかガラクタって言われてるしさ」

「勿体《もったい》ない話だよね。俺は君の作る物がガラクタだとは思えない。立派な発明品だ。ルフスに来ればその技術を活用できるかもしれないのに。特許を取れば特許料も入ってくるよ」

シアが大学で学んだ知識を生かして作るものは、教授たちからは役に立たないと言われている。でもヴィスランは以前から、価値があるものだと言って憚《はばか》らなかった。

いくらヴィスランが言っても、大学での評価は変わらないけれど、でもシアの意識は変わった。今は自分の研究に自信を持っているし、これを続けたいと思う。ただ、食べていくには好きなことばかりはしていられないだろう。

大学院に進学するなら、教授たちが、ひいてはこの国が有用と認める研究をしなければならないし、就職するなら研究は続けられない。

そのことは、ヴィスランも理解していた。カーヌス国の制度ではシアの才能は生かせないと、常々「勿体ない」とぼやいている。シアにとっては嬉しい言葉だ。

「シアみたいな優秀な研究者は、ぜひ我が国に来てほしいよ。何度も言うけどさ」

言っても詮《せん》のないことだけどと、ヴィスランはため息をつく。シアは布団の中で小さく笑った。

「ヴィスは、自分の国が好きなんだね。誇りに思ってる」

「それは……まあ。生まれ育った国だしね」

ヴィスランは戸惑ったように言った。

「誰しもそうかもしれないけど。でもヴィス、俺にルフスの街並みを話してくれる時なんか、楽しそうだもん」

自分の家族のことは他人事のように語るヴィスランの声が、ルフス国について語る時は、楽しげなものになる。それを聞いて、シアもぜひルフス国に行ってみたいと思うのだった。

「そうかな。……いや、そうかも」

シアの言葉に、ヴィスランは考え込む仕草をした。布団の中で、尻尾がパタパタ揺れる。シアはその尻尾を掴まえてじゃれた。

「俺は自分で思っていたより、自分の国が好きだったんだな」

「だろ？」

「うん。留学しなければ、それにシアに言われなかったら、気づけなかったな」

ヴィスランは母国を愛している。ならばいつか、彼は国に帰ってしまうだろう。そのいつかを思ってシアが悲しい気持ちになった時、「でも」とヴィスランは言葉を続けた。

「俺はたぶん、当分は母国には帰らないと思う。いや、帰れないんだ」

初めて聞く話に、シアは「えっ」と驚いて顔を上げた。

「君に話していなかったことがある。聞いてくれる？」

改まった口調に、シアはにわかに緊張しながらうなずいた。そんなシアにヴィスランは「それほど深刻な話じゃないよ」と言った。

「世間ではよくある話なんだ」

そうしてヴィスランは教えてくれた。彼が遠い島国まで留学に来ることになった、本当の理由を。

「長兄が亡くなったのは話したよね。それが発端だったんだ」

長子で正妻の子、というのもあって、長男はヴィスランの家の正式な跡取りだった。父は様々な仕事をすでに、長男に任せていたそうだ。

ところがこの跡取りが、急に病死してしまった。長男の代わりに、家門の後継者を立てなければならない。

上から順番に考えれば、次男が跡継ぎということになる。しかし、こちらは側室の子である。

正妻の子である三男は、自分こそが長兄の跡継ぎにふさわしいと言った。

そこで次男が引けばすんなり事は収まったかもしれないが、次男も負けていなかった。

ルフス王国は長子相続が原則だし、三男は次男に比べるとまだ若かった。自分こそが跡継ぎだというのだ。

当事者だけでなく、互いの母である正妻と側室、さらにその実家まで加勢して、一気に跡目争いとなった。

「父は父で、妻の実家から助けられることもあったからね。どちらも無視できないんだ。そこへ行くと俺の実家は身分も低いし、五男だし、母は亡くなっているから気楽なんだけど」

ヴィスランは深刻にならないようにか、明るい口調で言う。しかし、どう聞いても気楽には思えなかった。

「ヴィスもその、跡目争いに巻き込まれたんだね」

シアが確信をもって言うと、ヴィスランは苦笑してうなずく。

「次男と三男、どちらを選んでも母方の親戚と面倒なことになる。だったらほとんど影響力のない、俺を選んだらどうか、なんてことを言い出す人が現れた。しかも俺を跡継ぎにしてあげるから、一緒に組もうなんて擦り寄ってきて」

それが、一人や二人ではなかったそうだ。

「俺も息子の一人として、仕事の一部を任されてたんだ。ごく一部、兄たちの余り物だけど。でもそのうち、その仕事が誰かに妨害されるようになった」

犯人は見つからなかったが、ヴィスランを邪魔に思う誰かが、ヴィスランの行動を阻害するようになったのである。

「俺は跡継ぎになんか興味はないって、さんざん言ってたんだけど、周りは聞いてくれない。このまま何もせずにいたら、もっとひどい目に遭うかもしれない。それで、国外へ逃げることにしたんだ。俺は跡目争いには一切関わりません、って意思表明をするためにね」

だから、国には気軽に帰れないのだ。

「俺が戻ったら、それだけで争いの火種になる。だから兄たちの争いが収束するのを待ってるんだけど、なかなか終わらないみたいだ。もしかすると父が死ぬまで長引くかもしれない」

「ひどいとばっちりだ。貴族って、厄介なんだな」

シアは思わず、正直な感想を口にしてしまった。

「ヴィスは何も悪くないのに。こんな窮屈な思いをしなきゃならないなんて」

母国では貴族として、何不自由なく暮らしてきただろう。それがカーヌスなんて人族ばかりの国に行く羽目になった。

自分の母親もいなくて、兄弟同士は争っていて、頼れる家族もいない。

「大変だったね」

気の毒で、シアは布団の中でヴィスランの身体に抱き付いた。相変わらず子供がしがみついているみたいになるが、何度も相手の背中を撫でた。ヴィスランを労《いたわ》りたかったのだ。

「ありがとう」

ヴィスランは言って、シアの身体を抱きしめる。深く気持ちよさそうなため息を吐いた。

「でも、悪いことばかりでもなかった。大学院で学びたいと思っていたのが叶ったし、こうしてシアにも出会えたもの」

ヴィスランはいつだって前向きだ。あまり、悪いことを口にしない。気分がどん底の時でも、楽しいことを見つけようとするだろう。

そういうヴィスランが、シアは大好きなのだ。

「そうだね。俺が今、こんなに楽しくて幸せな学生生活を送れるのも、ヴィスんとこのお家騒動のおかげだ。ヴィスと出会わなかったら、何が楽しくて生きてるのかわからないくらい、無味乾燥な毎日だったから」

シアも明るい声で言う。頭の上で、ふふっと笑う声がした。

「俺は当分、カーヌスにいるよ。この大学で研究者をやるのもいいかもしれない。それか、実家から資金援助をしてもらって、カーヌスで事業を始めようかな」

「事業。どんな？」

「たとえば、シアの発明品を売るとか。それなら卒業しても、シアと一緒にいられる」

卒業後のことを、ヴィスランも考えてくれていたのだ。いつまでも一緒にいたいと思っていたのは、シアだけではなかった。

「いいね。赤字続きになるだろうけど」

「そこは俺の経営手腕によるね。会社に研究室を作るから、シアは好きな研究を続けるんだ。いつかみんながあっと驚く発明品が世に出るよ。世の中が楽しくて便利になる」

ヴィスランが言うと、本当にそうなる気がした。

その日は、二人で事業をやるという計画を夜通し話し合った。

実現するかどうかはわからない。しかし、大学を卒業してもヴィスランと一緒にいられるという喜びで、シアは興奮して眠れなかった。


二学期が早くも終わりに近づき、年末になった。

年の暮れは夏季休暇よりさらに、寮から人がいなくなる。ヴィスランもシアも、帰る家はない。それで今年の年越しは、街でご馳走を買って寮に持ち込み、二人きりのパーティーをしようという話になった。

まだ休み前の定期試験が待っているが、シアは楽しみでならなかった。

足取りもついつい軽やかになるが、これはシアに限ったことではなく、周りもみんな、冬の長期休暇を前に浮かれていた。

大学が定期試験に入ったある日のこと。

シアは試験を受けて寮に戻る帰り道、構内にいるヴィスランを見かけて近寄った。

ヴィスランは校舎と校舎を繋ぐ渡り廊下の端で、他の学生と話をしているところだった。

この頃にはもう、ヴィスランに気軽に話しかける人たちも珍しくなかったから、シアも気に留めずに声をかけようとした。

躊躇《ちゅうちょ》したのは、ヴィスランに話しかける相手の様子が、何やら真剣だったからだ。

ヴィスランがシアに背を向ける形で立ち、向かいにいる学生は頬を紅潮させ、自分よりうんと背の高いヴィスランに向かって懸命に話しかけている。

離れた場所にいて内容は聞こえなかったが、気軽に声をかけられる雰囲気ではなかった。

（あの子、獣人だ）

相手の学生は、毛糸の帽子を深くかぶっていたが、頭の両端がちょっとこんもりしている。獣の耳を隠すためだろう。

ヴィスランと出会う前のシアは、同じ大学にいる獣人の学生など、気に留めたことがなかった。在籍している事実は知っていたが、構内で獣人に出会ったことはなく、いるのかいないのかわからなかったのだ。

でも実際、獣人の学生たちはみんな、獣の耳を帽子で隠して登校していたのだ。人族の中で、目立たないようにという彼らなりの処世術だろう。

ヴィスランからその事実を聞かされるまで、シアはちっとも気づかなかった。

そうして構内を見てみると、時おり、帽子を目深《まぶか》にかぶった学生を見かけた。彼らは暑い時期でも帽子をかぶっていた。

耳を隠さず堂々と歩いているのは、この大学ではヴィスランだけだった。

「……どうしても、だめですか」

思いつめた声が聞こえて、シアは動揺した。どうやら相手の獣人の学生が、ヴィスランに何かをお願いして断られたらしい。それでも食い下がっている。

素知らぬふりをして、通り過ぎた方がよさそうだ。そう判断して方向を変えようとした時、獣人の学生がシアに気づいてハッとした顔をした。

そんな相手の表情を見て、ヴィスランも振り返る。彼はその時、ほとんど無表情だったが、シアを見つけた途端、ぱあっと明るく表情を変えた。その変化に、獣人の学生は驚いて目を見開いていた。

「シア！　じゃあ、そういうことだから。ごめんね」

獣人の学生に挨拶をすると、ヴィスランは大きな身体をさっと翻《ひるがえ》し、シアのいる場所まで飛ぶように駆け寄ってきた。

「今日はもう終わり？　一緒に帰ろうよ」

「う、うん。そう思って声をかけようと思ったんだけど。彼……彼だよね、もういいの？」

顔も身体つきも中性的なのでわかりづらいが、さっきの声は男性のようだった。こちらを恨めしそうに見ている。

「いいんだ。年末、彼の家で過ごさないかって招待されたんだ。両親がぜひにって。ほら俺、外国の貴族だから。それもわりと名門の」

寮に向かって歩きながら、ヴィスランが教えてくれた。先ほどの獣人の学生は、裕福な商家の息子なのだそうだ。もっとも、そうでなければ獣人の子弟が大学に通うというのは、カーヌス国ではあり得ない。この大学に通う獣人の学生はみんな裕福な家庭の出だ。

「外国の名門貴族と、仲良くなりたいってことか」

「もっと言うと、息子……さっきのあの学生と俺とを番わせたいってことじゃないかな」

「え、番？」

聞きなれない単語が出てきて、シアはヴィスランを振り返った。ヴィスランは苦笑していた。

「結婚てこと。まあ、俺も向こうも第一性は男だから、この国では正式には婚姻できないってことなのかな。どうするつもりだったのかわからないけど」

「第一……あ、バース性」

シアもようやく理解した。それくらい、バース性はカーヌス国で生まれ育った人族のシアにとって、馴染みが薄いものだったのだ。

「ヴィスがアルファだから……じゃあ、さっきの人はオメガってこと？」

「たぶんね」

ヴィスランは、シアが子供みたいな質問をするのを面白がるような眼差しで見た。

「見た目でわかるんだ」

「何となく、だけど。アルファはベータに比べて体格がいい。オメガは中性的なんだ。あと、番を持たないオメガは、自衛のためにうなじを隠していることが多い。さっきの子もチョーカーをしてた」

ヴィスランの説明に、シアは彼と出会う直前、図書館で調べたバース性のことを思い出していた。

アルファとオメガ、両者の発情中に限られたことだが、アルファがオメガのうなじを噛むと、番の契約を交わしたことになり、その後、発情を誘発するオメガの香りは、番相手にしか効力がなくなるという。

「その通り。俺のことを理解しようとしてくれて嬉しいよ」

ヴィスランがじゃれながらシアの肩を組む。暑苦しいなあとぼやきつつ、シアはこうしたじゃれ合いを楽しんでいた。

「けど、そういうオメガの特質があるから、親も本人も早く番を見つけたがる。番を持たないオメガは、発情期になると家にこもっていないといけないから」

発情の香りは親兄弟といった近しい血縁をのぞき、強力に作用して相手の理性を失わせるため、獣人の少ないカーヌスでも、発情期の生活には気をつけなければならないそうだ。

番を持てば、少なくともそうした不自由さから抜け出せるというわけだ。

「アルファも世界的に見て、オメガの伴侶を探すことが多いんだ。アルファの子供は、アルファとオメガの親から生まれることが多いから」

獣人の間で、アルファは英雄性と呼ばれ、獣人の国では、支配者層を占めるアルファの割合は大きい。アルファはより優れた個体を産むために、オメガを求めるのだろう。

「……軽蔑する？」

不意に横から問われて、シアはすぐ「まさか」と答えた。

「第一性しかない人族だって、条件のいい相手と結婚しようとするじゃないか。出来のいい子供を持ちたいって思うのは、誰しも考えることだよ」

「それもあるけど。俺が言ってるのは、男同士で番うこと。カーヌスの人には抵抗あるだろ」

ヴィスランはそこで、ひどく気がかりそうにシアの顔を覗き込んだ。

対してシアは、友人が何をそこまで懸念しているのか、すぐには理解できなかった。一拍置いた後、ようやく同性愛という単語に行きつく。

そして驚いた。ヴィスランの懸念にではない。自分自身がまったく、男同士の関係に抵抗を感じていなかったことについてだ。

これまでも、同性愛が悪いこととは思わないが、異質で不自然なものだという感覚があった。人族のカーヌス人なら、ごく当たり前の感覚だろう。

なのに、今は少しもおかしいと思わなかった。いやむしろ――。

(俺、何考えてた?)

自分が無意識に感じていたことに気づき、シアはにわかに狼狽《ろうばい》した。

アルファはオメガと番いたがる。だからヴィスランも、オメガの相手を探すのだろうかと嫌な気持ちになったのだ。

自分は人族、つまりベータだから、出る幕がない――そんな考えが頭を過った。

「……シア?」

精悍な美貌《びぼう》がさらに近づいて、シアはかあっと顔が熱くなるのを感じた。

「あの、俺、ただそういうこと、具体的に想像したことなくて。軽蔑なんてしてないから」

しどろもどろに弁解すると、相手は笑みの形に目を細めて、なんだかひどく嬉しそうな、いとおしそうな眼差しをシアに向けた。

「ありがとう、シア。君は俺を軽蔑したりしない。それがすごく嬉しいよ」

ヴィスランは言ってシアを抱擁した。苦しいくらい、ぎゅうぎゅうと抱きしめてくる。

部屋ではいつも抱き合って眠ったりしているから、おかしなことではない。でも今は猛烈に恥ずかしかった。胸がドキドキする。

誰かに見られたらと考えたが、すぐにそんなふうに考える自分が恥ずかしくなった。友達同士なのに。シアだって、以前はそうだった。もちろん、ヴィスランへの友情がなくなったわけではない。でも今、気づいてしまった。自分がヴィスランに抱いているのは、友愛だけではない。友情はいつの間にか、それ以上の想いになっていた。

シアが想いを自覚したことは別にして、表面上は穏やかに、何事もなく時間が過ぎていった。ヴィスランと二人きりの年越しは、本当に楽しかった。冬の間、シアとヴィスランはこっそり風呂場の外に溝を掘り、温泉と井戸水を流し込むことに成功した。

土を掘って固めただけなので、泥だらけだったが、二人でざぶざぶ熱いお湯に浸かって楽しかった。そして舎監に見つかり、こっぴどく怒られた。でも最後には舎監も、二人に勧められて泥の温泉に浸かり、めでたく共犯となった。

ヴィスランは教授から、今後も大学に残らないかと打診されたそうだ。まずはもう一年、院生として在学することになった。

「シアが大学院に進むなら、俺もそのまま在籍する。事業を始めるにも、来年一年では準備が足りないと思うし」

事業を立ち上げ、シアはヴィスランの研究所で働く。そんな約束をした。

これでヴィスランと、いつまでも一緒にいられる。恋愛とか結婚とか、そんなことは後回しでいい。欲張って、この心地よい関係を壊したくない。

シアにとって、卒業後もヴィスランといられることが最も重要なことだ。

一度意識してしまうと、同じベッドで抱き合って眠るたびに身体が熱くなった。ただ幸いというか、シアの背中をヴィスランが抱いて眠るのが基本的な姿勢だったので、身体の反応は気づかれなかったはずだ。

そうしているうちに年明けの短い三学期が始まり、春休みになって、シアたちは新学期を迎えた。シアは四年生、これが大学の最後の年になる。

ヴィスランが留学し、大学寮に入寮したおかげか、この年は以前より獣人の新入生が多かった。獣人の学生をさらに寮に受け入れるかどうかで、入学前に少し揉めたようだが、結局は今まで通り、新入生は通学となった。

人数が増えたのを機に、獣人の学生たちの居心地が少しでも良くなるといいね、なんてヴィスランと話していた。

あんなことに巻き込まれるとは、シアもヴィスランも思ってもいなかった。

「キャレ・カルムです。本当はもっと長い名前なんだけど、長すぎるからキャレって呼んでください」

その新入生、獣人の青年は、シアたちの前に立つと、中性的な美貌でにっこり微笑んだ。

彼が獣人だというのは、誰が見てもわかった。他の獣人たちのように帽子をかぶらず、ふわふわの銀髪の間から、ぴんと尖った耳が二つ覗いていたからだ。

尻尾はズボンに入れていたが、シアは猫族だろうなと想像した。つんとした雰囲気が猫っぽい。

そして彼は、そのほっそりした首にチョーカーを巻いていた。チョーカーは後ろの方が太くなっていて、まるでうなじを隠しているようだった。

彼はオメガなのだ。

新学期が始まり、大学の構内でも寮でも、初々《ういうい》しい学生たちを見かけるようになった。

獣人の新入生には、先輩の獣人たちが率先して声をかけたようだ。

帽子をかぶった先輩たちが、同じく帽子をかぶった後輩たちを連れて、大学の食堂などを案内する姿を幾度も見かけた。

数は増えたものの、みんな例年通り、大学内にひっそり溶け込んでいった。

そんな中、突如として現れた、キャレ・カルムという学生だけが異質だった。

カーヌス国の獣人たちは大抵、耳を隠しているのに、彼だけは誇らしげに耳を晒している。目尻の切れ上がったぱっちりとした瞳は、いかにも勝気そうに見えた。

「ヴィスラン・ロール先輩。同じ大学の従兄からあなたの話を聞いて、この大学を希望したんです。入寮は断られちゃいましたけど」

ある日、ヴィスランとシアが大学構内の芝生の上で昼ご飯を食べていたら、彼がやってきて自己紹介を始めた。

ヴィスランを憧れの眼差しで見る学生がちらほらいることは、シアも気づいていた。獣人や人族に関係なく、逞しく美しく、学業優秀で紳士的な外国人貴族というのは、誰しも憧れるものなのだ。

シアは視線を感じるたびに友人として誇らしく、そして同じくらいやきもきしていた。

気さくなヴィスランに、声をかけてくる学生は少なくない。でもここまで積極的な人はいなかった。

「よろしく、カルムくん。寮の件は残念だったね。有意義な大学生活になることを祈るよ」

「違いますよ、ヴィス先輩。キャレって呼んでください」

当たり障りなく紳士的な態度で返すヴィスランに対し、キャレはにこっと魅力的な笑顔を向けて押しの強さを見せた。

シアはついまじまじと、突然現れた後輩を見てしまった。物怖じしないというか、怖い物知らずだ。

ヴィスランは「はは」と快活に笑ったが、それ以上は何も言わなかった。

シアが昼ご飯の最後のパンのかけらを飲み込んだのを見て、ヴィスランが立ち上がる。シアも慌てて立ち上がった。

「それじゃあ俺たちはこれで。行こう、シア」

うん、と返事をする前に、ヴィスランはシアの肩を抱いて歩き出した。彼にしては珍しく強引だ。

「ごめん。早く逃げたかった」

しばらく歩き、キャレから遠ざかると、ヴィスランは小さく謝った。

「物怖じしない子だったね。あの子、オメガ？」

「そう。ああいう、強引に迫ってくる子は苦手でね」

ヴィスランがはっきりと、苦手だというのも珍しい。誰に対しても紳士的に振る舞うし、嫌な態度を取る相手でも悪く言ったことはなかった。

シアが驚いていると、ヴィスランはバツが悪そうに付け加えた。

「もっと言うと、怖いんだ」

「怖い？」

シアより背が低くて、華奢な青年だったのに。

「うん。彼はオメガだから。もし俺の目の前で発情されたら、嫌でも抗《あらが》えない」

そこでシアも、アルファとオメガの習性を思い出す。オメガの発情の香りに誘発されれば、アルファは強制的に発情してしまい、理性を失うのだ。

発情中のオメガが意図的に近づけば、アルファは逆らえない。

しかし、いくらなんでも先ほどの彼が、そこまではしないだろう。シアは思ったが、そんなこちらの内心を読んだように、ヴィスランがつぶやいた。

「被害妄想かもしれないけど、どうしても苦手なんだ」

生理的な嫌悪かもしれない。キャレには悪いが、苦手なものは苦手なのだ。それは仕方ない。

「昼ご飯は当分、目立たない場所で食べよう。どこか静かな場所を探してさ」

シアが提案すると、ヴィスランはほっと安堵《あんど》の表情を見せ、それからすぐ、甘い笑顔に変えた。

「いいね。俺たち二人だけの秘密の場所を探そう」

俺たち二人。その言葉がシアを高揚させる。

キャレの押し出しの強さには驚いたが、シアにとっては一瞬のつむじ風みたいなものだった。

たぶんヴィスランも、ただ苦手だというだけでそれほど深刻には考えていなかっただろう。

最初の事件は、それから間もなく起こった。


一学期が始まってひと月が過ぎた、ある日のことだった。

シアはその日、日が暮れるまで大学の研究室で実験をしていた。

これはいつものことで、夕食の時間には間に合わないので、ヴィスランが食事を取っておいてくれることになっていた。逆にヴィスランが遅くなる時は、シアが夕食を取っておく。

実験に区切りがついたので、そろそろ帰ろうかなと思っていたら、学生が一人、実験室に駆けこんできた。

「シア・リンド！」

政治学部の大学院生だった。ヴィスランの友人で、シアも会えば挨拶をする。

「ヴィスランが倒れた」

息を切らしながら、院生は端的に情報を伝えた。シアは青ざめる。

「どうして」

「俺たちにもわからない。獣人の新入生に絡まれたとか言っていた。でも喧嘩ではないようで、寮まで獣人たちの肩を借りて帰ってきたんだ。部屋に入った途端、倒れちまって。熱があるらしい。舎監の先生が君を呼んできてくれないかと言っている。今すぐ帰ってくれないか」

その時はまだ、シアも事態がよく呑み込めていなかった。ただ、獣人に絡まれたと聞き、すぐさまキャレの顔が浮かんだ。

「すぐ行きます。知らせてくれてありがとう」

片付けもそこそこに、シアは寮まで走って帰った。寮の入り口で舎監が待っていて、駆け付けたシアに簡単に事情を説明してくれた。

「オメガの学生が、構内で発情したんだ。ヴィスラン・ロールもその場にいて、発情を誘発されたらしい」

詳しい経緯は舎監もよく知らないが、オメガの学生が発情期にもかかわらず登校し、ヴィスランと構内で遭遇したらしい。

ヴィスランはすぐに相手の発情に気づいて距離を取ったものの、発情してしまったそうだ。

不幸中の幸いで、オメガの学生と一緒にベータの獣人が数人いて、異変を察知した彼らはすぐさま、ヴィスランを寮まで連れていってくれたそうだ。

おかげで、公衆の面前でオメガの学生を犯すという、最悪の事態は免《まぬが》れた。

「公衆の面前って……。そんなことあるんですか」

舎監の話に、シアは信じられない思いだった。

あの理性的なヴィスランが、いくら本能だからといって、人目もはばからずオメガを襲うなんて、そんなこと起こり得るだろうか。

あるはずがないという思いで言うと、舎監は苦い顔で首を横に振った。

「俺にもわからんが、獣人の医者によれば、それだけ発情というのは強制力があるらしい。本人の意志ではどうにもならんそうだ。それでもヴィスラン・ロールは、最後まで本能に抵抗しようとしたらしいがな。その反動か、寮の部屋に着くなりぶっ倒れちまった」

今は意識を取り戻したが、まだ発情は治まっていないという。獣人の医者を呼んで診《み》てもらったが、あと数時間もすれば自然に平静に戻るそうだ。

「アルファ用の発情抑制剤というのもあるらしいんだが、カーヌスでは認可されてないそうだ。それで悪いんだが、様子を見てもらえないか。いや、発情中といっても、人間を襲うことはないそうだ。だいぶ理性が戻ってきてるから、ベータであれば近づいても大丈夫だろうと」

舎監が気まずそうに、早口に言った。

「発情なんて、他の学生に話したら嫌がられるか、面白おかしくあげつらわれるかもしれん。このことは、獣人の学生とお前にしか話していないんだ」

舎監の懸念はよく理解できる。それに、言われなくてもヴィスランの看病をするつもりだった。

シアは寮の食堂に行くと、水差しいっぱいの新鮮な水をもらって部屋に戻った。発情中は熱っぽいと聞いて、喉《のど》が渇《かわ》いているのではないかと思ったからだ。

「ヴィス。俺、シアだよ。ただいま」

ドアをノックして、外から声をかけた。部屋の奥から「……シア？」と、だるそうな声がする。

「うん。水をもらってきた」

言いながらドアを開け、一歩部屋に入った途端、立ちくらみを起こしたように視界が揺れた。

何が起こったのかわからず、足を止める。気のせいだったのか、視界はすぐに戻った。

シアは不思議に思いながらドアを閉めた。

「シア？」

右側の大きなベッドから、くぐもった声がした。ヴィスランは上掛けに丸まって、蓑虫《みのむし》みたいに横たわっていた。

「うん。話は聞いたよ。災難だったね」

なるべく優しく、労るような声をかける。蓑虫がもぞりと動いた。

「……うん。ごめん、夕食を取ってこれなかった」

「そんなのいいんだよ。ヴィスこそ、夕飯を食べてないだろ。何かもらってこようか」

「大丈夫。ありがとう。今は食欲がないんだ」

普通の会話が成立することに、ホッとした。獣人の発情という状態がどういうものか、シアは実際に目にしたことがなくて、不安だったのだ。

近づいて、ベッドの隣にあるヴィスランの机の上に、水差しを置いた。

「ここに水を置いておくね」

そう言った時、また視界が揺れた気がした。

(何だろう)

視界はまた、すぐに戻った。だが別の異変が身体に現れていた。

それはまったく唐突だった。自分でも戸惑うくらいに。

何気なく呼吸をする。鼻の奥に甘い香りを感じた気がして、もう一度、鼻孔いっぱいに空気を吸い込んだ。

世界が一変したのは、その瞬間だ。

視界が滲み、酒に酔った時のように頭の奥が痺《しび》れた。同時に身体の奥に耐えがたい疼きを覚え、ぶわっと全身から汗が噴き出した。

「シア?」

布団がまた、もぞりと動いた。そこから先ほどほのかに感じた甘い匂《にお》いが、今度ははっきりと香った。

(いい、匂い……)

なんて甘い香りだろう。シアは我を忘れて陶然《とうぜん》とする。自己を見失っていることにさえ、気づかなかった。

嗅いだことのない匂いだ。花でも食べ物でもない、魅惑的な香り。もっとよく嗅ぎたくて、シアはヴィスランに近づいた。

「シア、どうしたの」

不安そうな声に、ハッとした。

「あ、いや、具合はどうかなと思って」

ごめん、とまた、くぐもった声がする。

「しばらく近づかないでもらえると、ありがたい。本能に負けそうで、怖いんだ」

怖い。その言葉に、一瞬だけすっと頭が冷静になった。そうして気づく。

シアの性器は勃起していて、ズボンがはっきりと膨《ふく》らんでいた。

「……っ」

シアはようやく、自分の中にある疼きの正体を理解した。これは性的興奮だ。

どうしてかわからないけれど、自分は興奮している。まるで発情したみたいに。

（まさか）

思い浮かんだ言葉に、シアは自嘲《じちょう》した。ヴィスランがこんなことになって、自分も狼狽しているのかもしれない。

シアはそろそろとヴィスランから遠ざかった。部屋の明かりは小さなランタン一つだが、よく見ればシアの下腹部がどうなっているのか、わかってしまう。

ヴィスランが上掛けをかぶっていてくれてよかった。

「じゃあ俺、舎監の先生のところに行ってくる。様子を見て報告してくれって言われてるんだ。そのまま今日は、先生の部屋に泊まるよ」

発情が治まるまで、あと数時間。シアが同じ部屋にいては、ゆっくり休めないだろう。

「それなら俺が」

ヴィスランが起き上がろうとしたので、シアは慌てた。

彼が身動きするたびに、部屋には甘い香りがまき散らされる。再び理性を失いそうだった。股間の物も形を変えたままで、見られたら気まずい。

「いいから寝てなよ。あなたは病人みたいなものだろ。ヴィスが寝られるベッドは、ここにしかないんだから。ゆっくり休んで」

シアは早口に言った。ヴィスランがそれに何度か、謝罪の言葉を繰り返す。いいんだよとどうにか返事をしたけれど、気もそぞろだった。

早くここから遠ざからないと、取り返しのつかないことになる予感がした。

どうにか部屋を出て、ドアを閉める。

恐る恐る呼吸をすると、もう甘い匂いは感じなかった。いつもの埃《ほこり》っぽくかび臭い、寮の廊下の匂いがするだけだ。

上着を脱いで股間を隠しながら、寮の庭に出る。人目に付かない雑木林に入って何度も深呼吸を繰り返した。

股間の昂《たかぶ》りはしばらくして治まったが、それでもまだ、身体の奥が疼くような気がした。

(何なんだ、いったい)

自分の身に起こった変化があまりに唐突で激しく、困惑した。

でもシアはすぐにそれを、精神的なものだと結論付けた。

他に理由がない。発情は獣人のオメガとアルファに限ったもので、シアは人間だ。発情など起こり得るはずがない。

寮の周りをうろうろ歩き回り、身体の疼きが治まってから、舎監の部屋に行った。

ヴィスランとは普通に会話ができたが、彼は本能のせいで誰かを傷つけないか怯えていると伝えると、舎監はシアを部屋に泊めてくれた。

長椅子に毛布一枚だけの粗末な寝床だったが、贅沢《ぜいたく》は言えない。

寝床を確保すると、急に疲労を感じてシアはすぐに横になった。

そのままぐっすり眠り、翌朝起きた時にはもう、身体の疼きなど嘘のように消え去っていて、いつもと何ら変わらなかった。

ヴィスランの発情を促したのは、予想通りキャレ・カルムだった。

キャレはその日、何となくだるいなと思ったが、まだいつもの発情期の時期より早いので、大丈夫だと思った。大学の調査に対し、そう述べたらしい。

ただそれは、番を持たないオメガにとっては通常、あり得ない行動なのだそうだ。

何しろ、どこでアルファに出くわすかわからない。いくらカーヌスに獣人が少ないとはいえ、可能性は皆無ではない。

見知らぬアルファと出くわして発情させ、番契約を交わしてしまったとしたら。相手も自分も人生が変わってしまう。

だから少しでも発情の兆候が現れたら、オメガたちは家から出ないようにする。

そのせいで学校の勉強が遅れたり、なかなかまともな仕事に就けなかったりするそうだが、自衛のためには仕方がないのだ。

にもかかわらず、キャレは発情期の始まりに大学に登校し、あまつさえアルファのヴィスランに近づいた。明らかに意図的だ。

しかし、そういう事情は人族で構成される大学側には伝わらなかったのか、キャレはお咎《とが》めなしとなった。

ヴィスランが寮に戻ってから倒れただけで、実質的な被害はなかったと判断を下したのだ。

納得はいかなかったが、ヴィスランが何も言わない以上、シアがどうこう口を挟める問題ではなかった。

そのヴィスランは発情した翌日、シアが様子を見に部屋へ戻ると、もうすっかりいつもの彼に戻っていた。まだ少し身体がだるいと言い、ベッドの上に座っていたが、顔色は悪くなかった。

「迷惑かけてごめん。もう大丈夫だよ。昨日は部屋を追い出してごめんね」

何度も謝るから、シアは「謝らなくていいよ」と、ちょっとむきになった。

「ヴィスは何も悪いことはしてないんだから。あなたは被害者なんだ。今は自分のことだけ考えてくれよ。友達が困ってる時に、寝床くらいで文句を言ったりしないよ、俺は」

傷つけるのが怖いと、ヴィスランは言っていた。

優しいヴィスラン。他人に傷つけられることより、その逞しい身体が誰かを傷つけるのを恐れている。彼の優しさが誰よりわかるから、シアはこれ以上、彼に傷ついてほしくなかった。

「俺はあなたに傷つけられやしないよ。もし自分を見失ったあなたが抱きついてきたら、玉を蹴って正気に戻してあげる」

軽い口調で言うと、ヴィスランは表情を和ませた。

「玉は勘弁してほしいな」

想像するだけで痛い、というように顔をしかめて見せる。それから真面目な顔になった。

「シア。君の手を握ってもいいかな」

おずおずとためらいながらの口調だったので、「もちろん」とシアはすぐさま受け合った。

両手を差し出すと、大きな手に包まれる。シアが握り返すと、ヴィスランはほっと息をついた。

「あの……抱きしめてもいい？」

その言葉にはちょっとドキッとしたけれど、シアは何でもないふうに微笑んだ。

冬の間はずっと同じベッドで眠っていたし、抱きついたり抱きつかれたり、軽い抱擁はいつものことだ。ただ今まで、ごく当たり前にそうしていたから、改めて言われると照れ臭いだけで。

「言葉にすると、ちょっと照れ臭いな」

ヴィスランも同じことを思っていたようで、はにかむ顔をした。

「ほんとだよ。改めて言うことでもないだろ」

シアは笑いながらヴィスランに近づき、ベッドに座った彼の身体を抱きしめた。

（あ……）

その瞬間、彼の身体からふわりと甘い香りがした、ような気がした。

どくりと心臓が大きく脈打ち、身体が熱くなる。まずい……そう思った時、ヴィスランが「あっ」

と小さな声を上げ、弾かれたようにシアの腕を引き剥《は》がした。

こちらのよこしまな衝動を気づかれたのだと思い、血の気が引いた。慌ててヴィスランから離れる。

「ごめん」

謝罪の言葉を口にしたのは、ヴィスランだった。何が起こったのかわからない、というように途方に暮れた顔をしている。シアの一瞬の欲情に気づいた、というわけではなさそうだった。

「あ、ううん。俺のほうこそ……」

嫌な思いをしたばかりなのに、怖がらせたかもしれない。しかしヴィスランは、自分の行いを悔いるように苦い顔でかぶりを振った。

「悪かった。今、一瞬だけオメガの発情の匂いを嗅いだ気がしたんだ」

シアは驚いた。ヴィスランもやはり、同じような匂いを感じていたのだ。

「もしかして、オメガの人の匂いがどこかで付いたとか。何か部屋に持ってきたかな」

この部屋のどこかに、匂いの素があるのだろうか。シアはキョロキョロと辺りを見回した。

「いや、違う。単なる俺の気のせいだよ。発情の匂いはすぐに霧散するみたいでね。発情している本人からしか匂ってこない。服や物に付いたりしないんだ。いや、実際は付着しているかもしれないけど、俺たち獣人の嗅覚は人族と変わらないから。そこまで感知しないんだよ」

だから気のせいだと、ヴィスランは言う。

では、シアが昨日嗅いだ匂いは何だったのだろう。聞いてみようか迷ったが、弱っているヴィスランを困らせるような気がして、思いとどまった。

人族のシアにはよくわからない分野だ。獣人でアルファのヴィスランが気のせいだと言うのだから、やはり気のせいなのだろう。

「ヴィスの心がまだ、びっくりしたままなんだよ。無理に元気なふりしないで、ゆっくりしよう」

そっとヴィスランの指先を握って、シアは言った。気をつかって、無理をしないでほしい。

ヴィスランは軽く目を瞠り、やがて柔らかく表情を和ませた。

「うん。ありがとう、シア」

その日、ヴィスランは部屋で安静にしていたが、次の日からは普通に大学へ行くようになった。

シアもできる限りヴィスランに付いていた。護衛を気取るわけではないが、もうキャレを近づけたくないと思っていた。

数日後、キャレの両親と、同じ大学に在学している従兄だという獣人の学生が、ヴィスランに謝罪をしに寮までやってきた。

キャレの両親と従兄は、事の重大さをきちんと理解しているようで、二度とヴィスランに近づけないから、どうかキャレを今まで通り大学に通学させることを許してほしいと、頭を下げて頼んだ。

彼らの話によると、キャレは生まれてから今まで一度も、発情するアルファを見たことがなかったらしい。ちょっとした誘惑のつもりだったのだとか。

シアはそれを聞いて、憤った。

ちょっとした、で済まされる問題ではない。ヴィスランの一生が台無しになるところだったのだ。

最終的にヴィスランは彼を許した。獣人でオメガの彼が、せっかく名門大学に入学できたのだから、というのだ。キャレの一生を台無しにしたくないという。

シアは友人という立場から口を挟むのを遠慮していたが、どうして被害者のヴィスランが我慢しなければならないのか、悔しい思いだった。

シアはその後も、キャレを警戒していた。彼が本当に反省しているかわからない。

しかし、キャレの両親や従兄は約束通りキャレを一人にせず、キャレはキャレで、ヴィスランを遠目に見かけた時は、軽く会釈をしてすぐにその場を立ち去るようにしていた。

ヴィスランも事件のあった直後、大学へ行く時はわずかに周囲を気にしている様子だったが、そんなキャレやキャレの周りの人たちを目にして、警戒を解いたようだった。

季節は夏へ移り、再び大学には平和が訪れた。


ヴィスランと出会って二度目の夏休み、今年もたくさん遊んだ。

去年と違うのは、寮に残った他の学生たちとも交流があったことだ。基本的には二人きりだったが、たまに他の仲間とも遊んだ。

毎日が幸せで楽しかった。そんな日々の中で一度だけ、気になる出来事があった。

ヴィスランの実家から、手紙が送られてきたのだ。彼が留学してきて、実家からの手紙が届いたのはこれが初めてだった。

ヴィスランは自分の勉強机の上でそれを読んでから、しばらくの間、見たこともないくらい怖い顔をして黙り込んでいた。

「何か、よくないことが書いてあった?」

隣から大きなため息が聞こえて、自分のベッドで本を読んでいたシアは、そっと尋ねた。ヴィスランは手紙から顔を離し、「ちょっとね」と言った。シアを安心させるように微笑む。

「次男と三男の喧嘩がひどくなってるらしい。それで四男がとばっちりを恐れて、出家することにしたって」

俗世を捨て、ルフス国の国教である宗教寺院に入門してしまったというのだ。

「ルフス国は寺院に入ると、後継者の資格を失うことになってるんだ。僧侶は結婚できないから。留学よりさらに厳格な相続放棄だね」

「大変なんだね」

この様子では、お家騒動はなかなか収束しないのではないか。ヴィスランもこの国にとどまることを決めたとはいえ、実家のことは気になるだろう。

「我が家族ながら、何をやってるんだと思うよ。長男が亡くなって一年以上経つのに、まだ跡継ぎが決まらないなんて」

憂鬱《ゆううつ》そうに言うので、シアは早くヴィスランの実家が平和になるといいなと願った。

しかし、この時の話はそれで終わりだった。楽しい日々はその後も続き、シアもヴィスランの実家のことは忘れがちになった。

夏休みはあっという間に過ぎ、二学期になった。

シアは卒業と、大学院の進学に必要な論文をすでに書き上げていた。ヴィスランは、カーヌスで事業を始める話を具体的に進めようとしており、いつの間にか大学の教授や周りの学友たちにも渡りを付け、着々と人脈を築いていた。

「シア、君、ヴィスランと商売を始めるんだって？」

「君が発明したものを、彼が売るんだろ。すごいな」

顔なじみの学生たちから、そんなふうに声を掛けられることもあった。

これは確かに、大変なことかもしれない。

シアとて、ヴィスランとの約束を軽く考えていたわけではないが、世間知らずのシアよりヴィスランの方が、一歩も二歩も先を行っていた。

自分も負けていられない。ヴィスランがシアの発明を売るというなら、売り物になるものを発明しなければ。

それでシアは、以前よりいっそう身を入れて大学の研究室に通い、実験を進めることにした。

ヴィスランはそんなシアの決意を聞いて、慌てていた。

「ごめん、シア。俺が勝手に張りきって話を進めただけなんだ。無理しなくていいんだよ。君はまだ、大学で学ぶことがあるんだから」

そう言われたが、しかしシアは正直、大学院で学ぶことがあるか疑問に思い始めていた。

来年も引き続き、実験室を使えるのはありがたいが、逆にいえば大学に残る利点はそれだけなのだ。

この国で学べるものは、基礎も応用もとっくに学んでいる。教授の講義は、シアには古く感じ始めていた。

やっぱり、最先端を行くのはルフス国だ。

「院に進学して利点があるか、迷ってるんだ。俺はいつか、ルフスに行きたい。もちろんヴィスランと一緒に。あなたが良ければだけど」

シアは自分の思いを、率直にヴィスランに語った。

「もちろん、俺は大歓迎だよ。けど、そうか。そうだな。確かにシアの知識と発想を考えたら、カーヌスよりルフスの方が生かせる。ただ残念ながら、すぐには無理だけど」

「うん。だから今のうちに、カーヌスでも商売になりそうな発明を、一つでも実用化させておこうと思って」

大学院に進まず、ヴィスランの会社の社員になるのだとしたら、何か売り物があった方がいい。ヴィスランのことだから、シアの発明なんていう、不確かなものにだけ頼ったりはしないだろう。でも彼に頼ってばかりでお荷物になるのは嫌だった。

彼の役に立って、お互いに支え合える存在になりたい。

言葉を重ねて伝えると、ヴィスランもシアの気持ちをわかってくれた。

「嬉しいけど、無理はしないで」

と言って、シアが実験室に入り浸るのを送り出してくれた。

「でも、シアと一緒にいる時間が減るのは寂しいな」

ぽそっとそんなことを言うから、シアは胸がきゅんとしてしまった。甘え上手め、と内心で思う。

しかしこれは、シアがあまり無理をしないように言っているのだろう。シアはそんなふうに自分の心を落ち着かせた。

実験室に入り浸るようになり、確かに寮にいる時間は減ったが、それ以外は今まで通りヴィスランと過ごした。

ただの夢だったヴィスランとの将来が、現実のものとして動き出している。将来には希望しかない。

それらがすぐ先ですべて潰《つい》え、ヴィスランとも離れ離れになる運命だとは、想像もしていなかった。

秋が深まる頃、シアはますます実験室にこもるようになっていた。具体的な目標ができたせいか、それまで行き詰まっていた実験が進展したのである。

「え、これからまた実験室に行くの？」

週末の夕方だった。実験室から帰って寮で夕飯を食べ終え、再び実験室に戻ると伝えると、ヴィスランは耳をペタッと寝かせた。

「週末だから、シアと酒盛りしようと思って、いい酒を買ってきたのに」

「ごめん、帰りは何時になるかわからないんだ。徹夜になるかも。先に寝てて。明日は付き合うから」

「うう、寂しくて死んじゃうよ」

ヴィスランが泣き真似をすると、周りにいた顔なじみの学生たちが笑った。

「実験はほどほどにして、もうちょっとお前んちの猫ちゃんを構ってやれよ、シア。そのうち、拗《す》ねて暴れるぞ」

「猫ちゃんて」

言い方に呆れるが、当のヴィスランはなぜか、「へへっ」と照れ臭そうに笑っている。なぜ照れるのだろう。

「けど実際、ピューマって猫だよな。俺、図鑑でピューマの絵を見たんだよ。逞しい猫、って感じだった」

「それを言ったら、虎もライオンも逞しい猫だけどな」

学生たちが面白おかしく話すのを、シアとヴィスランは黙って聞いていた。

ヴィスランは実は、他の学生たちには獅子族であることを伏せ、ピューマ族だと言っている。

ピューマは別名を「山獅子」ともいい、たてがみのない雌獅子の姿とよく似ているのだ。尻尾の先は獅子ほど立派な房はないが、黒くてわずかに膨らんでいる。

普段、学生たちから、ヴィスランが何族なのかと聞かれることはない。カーヌスの人族にとって、獣人は獣人だ。

ただ時おり、種族に言及してくる学生には、「ピューマ」と答えることになっていた。

「獅子族であることは、なるべく伏せておきたいんだ。王族に近いと思われると、面倒なことになるかもしれない」

シアはヴィスランから、そう言い含められていた。

本当はヴィスランは、出会った当初、同室のシアにも伏せておくつもりだったらしい。

でも、会ったその日に親切に案内してくれて、一緒に風呂まで入った。シアに種族を尋ねられて、嘘をつくのが心苦しかったらしい。本当に人がいいのだ。

当時、何の気もなしに聞いてしまったことを申し訳なく思ったが、自分だけがヴィスランの秘密を知っているようで、ちょっと嬉しかった。

以来、シアも聞かれた時は、ピューマ族だと答えている。

「ピューマは山獅子ともいうらしいよ。ね、ヴィス」

「うん、シア。実験、無理しないで。明日は帰ってきてね」

甘えたように言うヴィスランに、シアは笑って頭を撫でた。周りの学生は「やっぱり猫だ、猫」と、笑う。

シアはヴィスランと別れ、大学の実験室へ向かった。

シアが所属する研究室は人が少なく、あまり熱心な学生もいないので、シアしかいない。これはむしろ幸いだった。実験室を独り占めできる。

張りきっていたシアは、すぐさま実験に取り掛かり、作業に集中した。

それからどれくらい、時間が経っただろう。集中力が途切れ、ふうとため息をついた。

何だか身体が熱っぽい。

(風邪でもひいたかな)

風邪くらいで実験をやめたくない。構わず作業を続けたが、違和感を覚えた身体は、その後も急速に変化していた。

ただ熱っぽいだけではない。身体の奥がじくじくと甘く疼く。ふと嫌な予感がして下を見ると、下腹部が盛り上がっていた。

「なんだ、これ……」

つぶやいてから気づく。あの時と同じだ。発情したヴィスランに近づいた時と。

今はどこからも、甘い匂いなどしない。そもそもオメガの発情の匂いとやらは、アルファにしか効かないはずなのだ。

「ん……っ」

我慢できなくなって、シアはその場に座り込んだ。全身が敏感になっている。服が肌に擦れただけで皮膚《ひふ》が粟立《あわだ》つ。

下着の中が先走りでぐっしょりと濡れ、気持ちが悪かった。

何より困惑するのは、尻の奥がうずうずと疼くことだ。そこに何かを入れたい衝動に駆られる。

何を？　と考えて、ヴィスランの姿が脳裏を過った。そして冬の間、ヴィスランのベッドで一緒に眠った時、何度か彼の一物が尻に当たったったのを思い出した。

硬くて大きくて熱い、あの性器を布越しでなく、直に感じたい。

無理やり奥にねじ込んで、貫かれたい。

(何を考えてるんだ、俺は)

まるで発情しているみたいだ。

「まさか」

自分の発想に笑ってしまった。ヴィスランたち獣人に影響されたのだろうか。人族にバース性なんかあるわけないのに。

しかし、何をどう考えても身体の異常が治まることはなかった。

(どうしよう)

そのうち守衛の夜回りが、この実験室にもやってくる。こんな姿を見られたら、いたたまれない。

(寮に戻ろう。戻って、ヴィスに相談しよう)

ヴィスランなら、シアがこんな状態になっても軽蔑しないはずだ。きっと親身になってくれるはずだし、もしかして有効な対策を知っているかもしれない。

シアは上着を脱ぎ、それで前を隠しながら実験室を出た。幸い、夜の遅い時間なので、構内にはほとんど人がいない。誰にも見つかりませんようにと、周囲を気にしながら前屈みで歩く。

足を進めるたびに服が皮膚を擦り、声が出そうになる。上着を抱えて前を隠していたが、途中でこらえきれず射精してしまった。

「う……」

情けなくて涙がこぼれた。寮の建物に入ると、人に見つからないように隠れながら歩いて、どうにか自分の部屋に辿り着いた。

（ヴィス……）

部屋のドアをそっと開ける。中は真っ暗だった。右側の大きなベッドから、ヴィスランの寝息が聞こえる。

ホッとして声をかけようと思ったが、汚れた身体が気になった。先走りと精液で、ズボンも下着もぐちゃぐちゃだ。

ヴィスランに相談するにしても、さすがにこのままでは恥ずかしい。先に着替えることにした。

「う……」

左側の自分の戸棚に向かおうとした時、ヴィスランが苦しそうに呻いて寝返りを打った。

シアはぎくりとして立ち止まる。少し待ったが、再び寝息が聞こえたのでほっとした。物音を立てないよう、その場で素早く靴を脱ぎ、ズボンと下着を下ろした。

着替えの下着とズボンを取ろうと、再び戸棚に近づこうとした時だった。

「……誰だ」

低く怒気を含んだ声が背後から聞こえ、思わず身体が震えた。

「そこにいるのは、誰だ」

聞いたこともないくらい、怖い声だった。シアだよ、と一言答えればすむことなのに、恐ろしくて声が出ない。

ヴィスランはなぜ、怒っているのだろう。この部屋に入ってくるのは、自分以外にシアしかいないとわかっているはずなのに。

「誰だと聞いている」

ヴィスランは言って起き上がったが、ベッドから離れなかった。口元を押さえているようで、声がくぐもっている。

「キャレ・カルムか。……いや、この匂いは違う。……クソッ、誰だ！」

叫ばれて、ビクッと震える。シアは混乱していた。

なぜ、キャレの名前が出てくるのだろう。それに匂いとは？　そしてヴィスランの怒りに混乱し怯えながらも、身体は火照《ほて》ったままだ。

「くそ……出てけ。出ていけ、早く！」

ヴィスランが、ドン、と壁を叩いた。シアは怖くて、涙を流しながらかぶりを振った。真っ暗な闇の中、言葉にしなければ相手に通じないのに、声が出ない。

「……っく」

代わりに嗚咽《おえつ》が出た。ヴィス、俺だよ。早くそう言わなければ。

「ヴィス……」

「やめろ！」

必死に声を振り絞ったのに、怒鳴られてしまった。ヴィスランに相談すれば、事態はよくなると思っていた。彼が助けてくれると。

なのに彼は、誰かとシアを間違えている。侵入者だと決めつけて怒っている。

「ヴィ、ヴィスぅ……」

ぐすぐすと泣きながら、嗚咽交じりにもう一度名前を呼んだ。頭の奥が痺れたようになって、もう何がなんだかわからない。

ヴィスランは、どうしてわかってくれないのか。

「俺をヴィスと呼ぶな。そう呼んでいいのは……ぐ、ぅ」

言葉は途中から呻きに変わった。苦しむような声に不安になる。

と、不意にヴィスランのいる方向から、脳裏を揺さぶるような甘い匂いが香ってきた。

(これ……)

理性を溶かすような、甘く官能的な香り。以前、キャレに誘発されてヴィスランが発情した時、彼から香ったのと同じ匂いだ。

(ヴィスが、発情してる? どうして)

「……出ていけ。頼む。出ていってくれ」

最後は懇願するように、ヴィスランは呻いた。シアは混乱し、しゃくりあげた。

「や、やだ……」

ここを出て、どこに行けと言うのだろう。

――この身体は、こんなにもヴィスランを欲しているのに。

「……っ」

またヴィスランのうめき声がして、匂いが濃くなった。同時にシアの中の熱も膨らんで、意識を支配していく。

急に、今までの羞恥や葛藤《かっとう》が馬鹿馬鹿しくなった。そんなことはどうでもいい。

ただ目の前の男と交わりたい。

「や……めろ」

絞り出すような声を聞いて、自分がいつの間にか、ヴィスランに近づいていたことに気がついた。

暗闇に視界が奪われているせいか、まるで現実味がない。夢を見ているようだ。

(そうか。これは夢なんだ)

シアは闇の中でうっそり笑った。それなら納得できる。自分は今、夢の中にいて、オメガになっているのだ。

オメガだから、ヴィスランと交わることができる。心の奥で望んでいたことが、夢の中なら可能なのだ。

そう考えたら、心が自由になった。フラフラと匂いのする方へ近づく。膝小僧にベッドの縁が当たって、シアはその上に手をついた。硬く逞しい、でも熱い男の身体がそこにあった。

「い、嫌だ……抱きたくない」

懇願するような声がそこから聞こえて、朦朧《もうろう》としていた意識が一瞬だけ、明瞭《めいりょう》になった。

(違う。これ、夢じゃない……)

たとえ夢だとしても、ヴィスランが嫌がることをしたくない。目が覚めた時に後悔する。

離れなければ。一瞬の理性が、シアにそう警告した。

けれど手遅れだった。

闇から伸びた腕がシアの肩を摑み、ベッドに引きずり込んだ。甘い匂いにまみれ、理性がたちまち溶けていく。

すぐ耳もとで、獣のような男のうめき声が聞こえた。


それからは、嵐の中にいるようだった。

甘い匂いに朦朧とする中、ヴィスランがシアの下半身をまさぐった。下に何も穿《は》いていないのに気づき、ヴィスランが悪態をつくのが聞こえた。

シアもいつもの自分ではなかったが、ヴィスランも人が違ったようだ。シアを俯《うつぶ》せに寝かせ、尻だけを持ち上げると、窄まりにいきなり何かをねじ込んだ。

「ん、うっ」

指だった。シアよりうんと太くて長い指が入っている。そんなところを人にまさぐられるのは初めてなのに、頭が痺れるくらい気持ちよかった。

「あっ、うっ」

出し入れされるたび、獣みたいな声が出る。ヴィスランは何度も出し入れし、そのたびにくちゅくちゅと水音が響いた。

「もう、こんなに濡れてる。こんな発情しきった身体で外を出歩いてたのか？」

ヴィスランの言っている意味は、よくわからなかった。しかし、相手もこちらの答えを待っているわけではないようだった。

一言つぶやくと、後ろで衣擦《きぬず》れの音が聞こえ、やがて臀部に熱いものが触れた。

長く硬い物が尻のあわいに擦りつけられる。それは先走りなのか精液なのかわからない、多量の蜜を滴らせていて、熱くぬめったものがシアの内股《うちもも》に流れてきた。

「ん、あ」

擦り付けるばかりで入ってこようとしない相手に、シアは焦《じ》れた。

早く、早く……ヴィスランが欲しい。

今まで一度も受け容れたことがないのに、その逞しい男根の感触を想像すると、それだけで射精しそうになる。

シアはねだるように自ら尻を振り、ヴィスランの性器に擦り付けた。

「……っ」

背後で苦しそうな声が聞こえ、臀部を鷲掴《わしづか》みにされた。乱暴に尻たぶをめくり、熱い切っ先が窄まりに押し当てられる。

それから大きな衝撃が腹に響いた。極太の楔《くさび》が、何のためらいもなく突き立てられたのだ。

「ひ、いっ」

圧迫感に思わず声が上がる。それは、嬌声《きょうせい》とも悲鳴ともつかない声だった。

「あ、あっ」

男根に犯され、充足感が這《は》い上る。ヴィスランと一つになった。でも少し怖い。

相手に縋《すが》りたかったが、俯せの姿勢ではそれもできなかった。

「ヴィス……」

「黙れ」

恐ろしい声がして、背後から回された手で口を塞《ふさ》がれる。手が大きくて、鼻まで塞がれそうになった。

「ん、むっ、ィス……」

「……その名で……呼ぶな」

苛立たしげに唸《うな》る。そして思いきり腰を打ち付けた。パン、と肉を打つ音がする。

「ひっ」

シアが悲鳴を上げると、ヴィスランは何度も乱暴に打ち付けた。パンパンと打擲《ちょうちゃく》の音が部屋に響く。

正気だったら、とてもこのような乱暴には耐えられなかっただろう。

だがシアは正気ではなかったし、ヴィスランもそれは同じだった。

「あ……くそっ」

悔しそうに悪態をつきながらも、ヴィスランは激しく腰を使い続ける。シアは逞しい性器で突き上げられるたび、得も言われぬ快感に嬌声を上げた。

幾度か突き上げられたところで、シアは射精したが、快感は終わらなかった。それどころか、硬いままの自身の性器を扱《しご》き、もっともっとヴィスランの肉棒を貪欲に締め上げる。

「う……っ」

ヴィスランもまた、そう長くはかからず果てた。

奥に滲むような感覚があり、シアはその時初めて、何時間も続いていた欲情がほんのわずかばかり治まった気がした。しかしこの身体は、貫かれながら達する喜びを知ってしまった。

束の間ほっと息をついた直後から、またひどく貫かれたいという欲望が頭をもたげる。

ヴィスランの男根はシアの中に入ったまま、硬度を保っていた。

「う……ぅっ」

ヴィスランが呻きながら腰を揺する。ガチッ、と歯を合わせる音が耳もとで聞こえた。熱い吐息が耳にかかる。その時、ゾクリと肌が粟立《あわだ》ち、うなじがチリチリと疼いた。

ヴィスランが、うなじを噛みたがっているのだ。どうしてか、シアにはそれが理解できた。背後の雄は、自分のうなじを噛みたくてたまらないのだ。

そして自分は、彼に噛んでほしくてたまらない。

「……来て。噛んで」

囁き、尻を振った。早く、早く。本能が叫んでいる。

咆哮《ほうこう》が聞こえた。これから与えられる痛みと快感を想像して、シアはうっとりする。

しかし、いつまで経っても期待していた鋭い牙が突き立てられることはなく、背後では押し殺すような、苦しげな呻きが聞こえるばかりだった。

「う……ぐぅ……」

声と共に、錆臭《さび》い血の匂いが香った。ヴィスランは皮膚を噛んでいる。シアのうなじではなく、恐らく自分の皮膚を。

(どうして?)

シアは失望した。ヴィスランと繋がったまま、番になりたかったのに。

血と甘い芳香の中、気づくとシアは身体をひっくり返され、仰向《あおむ》けにされていた。

何が起こったのかよくわからない間に、両足を持ち上げられ、その間にヴィスランが腰を入れる。そうして今度は、正面から犯された。

「あ、ああっ」

ヴィスランはシアの足を抱えたまま、腰だけを揺する。彼が遠い。それでも、貫かれる快感は変わらなかった。

「う、ん……ふっ、あっ」

シアは行為に没頭した。ヴィスランが動きやすいように腰を浮かせ、緩急をつけて男根を締めつける。内壁を擦られながら、シアは自らの性器を扱いて慰めた。

「あ、あ、んっ」

そうしているうちに、またシアは射精する。ヴィスランも、何度となく身を震わせてシアの中に精を吐き出した。

何度も何度も、二人は本能のまま、ただひたすらに快楽を貪り続けた。


いつの間にか、シアは意識を失っていたらしい。誰かのすすり泣く声を聞いて、目を覚ました。

(ヴィス……?)

ヴィスランの声だ。心配になって、どうしたのかと尋ねようとしたが、声が出なかった。

喉が嗄《か》れて痛い。身体がだるくて指一本を動かすのもつらい。

(俺……何してたんだっけ)

どうにかまぶたを開けた先は真っ暗闇で、自分はベッドの上に四肢を投げだして横たわっているようだった。

すぐ間近で人の気配がし、ドサッと重いものが倒れる音が聞こえた。大丈夫かと確認したいのに、身体が自由にならない。

そうしている間にも、物を引きずるような音がして気配が遠ざかった。

ドアノブを回す音と、ドアを開ける音。誰かが部屋を出ていった。

ぱたりとドアが閉まった時、身体の周りにあった甘美で淫蕩な空気が消えたような気がした。

同時に、シアは唐突に意識を失う前のことを思い出す。

(あ、俺……)

夢だと思いたかった。でも夢じゃない。何もかも、はっきりと覚えている。

「どうして……」

絞り出した声はしゃがれていた。何度も声を上げたからだ。

身体が火照っておかしくなり、ヴィスランを誘惑した。二人で理性を失い、何度も獣のように交わり合った。

思い出しはしたが、余計に混乱した。

自分はまるで、オメガのようだった。自分の身に起こったことの何もかもが、話に聞いていた獣人の発情そのものだ。

(どうして……どうして)

その言葉がぐるぐると頭の中を巡り、しばらくベッドの上に横たわったまま、呆然としていた。

寒さにくしゃみを一つして、ようやく我に返る。裸のままだった。それに二人分の体液で身体が汚れていて気持ち悪い。

のろのろと起き上がると、身体のあちこちがぎくしゃくした。激しい運動をしたから、筋肉が悲鳴を上げているのだ。

「ヴィス」

ヴィスランはどこに行ったのだろう。彼は抱いたのがシアだと途中で気づいただろうか。

様々な考えが頭を過ったが、まともに考えたくないことばかりだった。

とんでもないことが、自分の身に起こった。そして、やってはいけないことをしてしまった。

友達を誘惑して身体を繋げるなんて。でも、正気ではなかったのだ。言い訳にならないかもしれないけれど。

そのまま眠ってしまいたかった。寝て起きたら、夢だったりしないだろうか。現実逃避をしかけたが、寒さとべたついた身体の不快感とで、動かざるを得なかった。

ベッドを下り、ふらつく足で窓辺へ向かった。カーテンを開けると、窓の外は夜明けの薄闇が広がっている。

意を決して振り返る。やはり、部屋の右半分はぐちゃぐちゃだった。

大きなベッドのシーツと上掛けは乱れに乱れており、シアのシャツもそこにあった。部屋の中ほどには、シアが脱ぎ捨てたらしいズボンと下着が落ちている。

シアはそれらを拾い集め、皺《しわ》だらけになった服を着た。左側の戸棚から着替えを取る。ひとまず、汚れた身体をどうにかしたかった。

足に力が入らず、壁を伝いながら風呂場へ向かった。そこにもしかしたら、ヴィスランがいるかもしれない。

不安を抱えて風呂場に入ったが、中に彼の姿はなかった。明け方だから、他の学生たちもいない。

汚れた服を脱いでお湯を浴びた。何度もお湯を汲《く》み、身体の隅々まで丹念に洗った。欲望の残滓《ざんし》が身体に残っているようで、恐ろしかった。少しでも残っていたら、またヴィスランを発情させてしまうかもしれない。

(でも俺は人族で、オメガじゃないのに)

どうして発情したのだろう。そもそもあれは、発情だったのだろうか。

昨夜は身体が火照って疼いて苦しかった。でも今は、何事もなかったかのようにすっきりしている。

しかし、気だるさと筋肉の軋《きし》み、そして後ろにまだ物が挟まっているかのような異物感が、発情は夢ではなく現実だったと告げていた。

(ヴィスなら、何かわかるだろうか)

とにかくヴィスランに会わなければならない。とてつもなく気まずいが、話し合わないわけにはいかなかった。

風呂から上がり、清潔な服に着替える。汚れた服を置きに部屋に戻ったが、まだヴィスランは戻っていなかった。一体、どこに行ったのだろう。

探しに行こうと再び部屋を出る。食堂や談話室を覗いたりしていると、廊下で校医と出くわした。大学の医務室に常駐している医者だ。校医はシアを探していたようだった。

「よかった。部屋を訪ねたが誰も出ないから。探してたんだ」

校医はホッとした顔でシアに近づくと、「ヴィスラン・ロールが今、医務室で寝てる」と言った。

「え……」

「手を怪我したので、治療をしてほしいと言ってきたんだが、どうして怪我をしたのか言おうとしない。噛み痕《あと》のようなんだが」

ヴィスラン自身が付けたものだろう。彼がうなじを噛もうとして、自分もそれを望んだのを、シアは薄っすらと覚えている。

「おまけに服を着たまま水浴びしたみたいで、全身ずぶ濡れなんだよ。君と喧嘩をしたのかって聞いたんだが、そうじゃないって言う。なんだか精神的に参っているみたいだし、疲れているようだ。服もびしょびしょだから、取りあえず医務室で寝かせたんだよ。何かあったのかい」

シアは一瞬迷ってから、首を横に振った。

「わかりません。俺、昨夜は大学の研究室で徹夜してしまったので。ヴィスランを迎えに行きます。あの、部屋に彼の着替えを取りに行ってから」

校医に、あの発情のような状態はなんだったのか相談しようと思ったが、やめた。

人族の校医がバース性に詳しいとは限らないし、もし発情ではない他の何かが原因なら、ヴィスランとの情事をいたずらに告げることになってしまう。

ヴィスランが校医に話さなかったのだから、今は黙っておこうと判断した。

これからどうするか、ヴィスランと話してから決めよう。彼が医務室から帰るに帰れない状態だとわかり、シアは着替えを取ってくることにした。

「じゃあ、靴も持ってきてくれ。彼、裸足のまま来たから」

校医と別れ、部屋に戻った。

シーツと上掛けを剥がして丸め、窓を開けて空気を入れ替える。ヴィスランが戻ってきた時、情事の痕が残ったまままでは気まずい。

新しいシーツを敷き、冬用の毛布を引っ張り出し、とりあえず寝床を整える。汚れ物は後で片付けることにして、ヴィスランの着替えと靴を持って医務室へ向かった。

医務室は寮から少し離れた、大学の校舎の一角にある。

シアが顔を出すと、先ほどの校医がそっと手招きした。さほど広くはない医務室の奥がベッドになっていて、そこにはカーテンが引かれていた。

校医はそのカーテンに向かって、小さく声をかけた。

「ロールくん。同室の友達が着替えを持ってきてくれたよ」

真っ白いカーテンの奥で、ヴィスランが勢いよく起き上がったようだった。ベッドが軋む音がする。

「……シア？」

「うん。あの、靴と着替え……」

「部屋に帰った？」

深刻な声だった。シアが戸惑っていると、ヴィスランの「ああ」という絶望的な声がした。

シアは「入るよ」と声をかけ、カーテンをくぐった。ヴィスランはベッドの上で身を起こし、両手で顔を覆っていた。

「ごめん、シア。ごめん。君に、合わせる顔がない」

「ヴィス？」

近づくと、ヴィスランはシアにだけ聞こえる声で、

「あの部屋を見たんだね」

と、囁いた。そこでようやく、シアは悟る。

ヴィスランは、情交の相手がシアだとは気づいていないのだ。

「不愉快な思いをさせて、すまない」

「ヴィス！　違うよ、ヴィス。あれは……」

相手は自分だ。そう言いかけて、背後に校医がいるのを思い出した。

ここで、込み入った話はむりだ。

「ヴィス。帰ってから話そう。着替えを置いておいたから」

「ありがとう。ごめん、シア」

ヴィスランは最後まで、シアの顔を見ようとしなかった。何度もごめんと謝り続ける。

これ以上、彼に謝らせたくなかったし、早く真相を話したかった。自分の身に起こったことが何なのか、シアもまだ混乱している。二人で話し合いたい。

「先に戻ってるから」

言い置いて、ひとまず寮に帰った。部屋に入って一人になると、疲労感で目まいがした。

昨日はあんなことがあって、ろくに寝ていないのだ。

(ちょっとだけ寝よう)

立っているのもつらくなって、自分のベッドに寝転んだ。ヴィスランが戻ってきたら起こしてくれるはずだ。

話をして、シアがどうしてあんなふうになったのか、原因を突き止めよう。

そんなことを考えつつ目を閉じると、あっという間に眠りに引き込まれた。

シアはそれから夕方になるまで眠って、一人で目を覚ました。

ヴィスランはその日、寮に戻ってこなかった。


夜、ヴィスランがいつまでも帰ってこないので医務室へ迎えに行くと、昼前にはもう出ていったと聞かされた。

心配していたのに、寮に戻ると他の学生に呼び止められ、ヴィスランの消息を聞かされた。

「今夜は街に出かけて遅くなるから、シアは心配せずに寝てくれって。伝言を頼まれた」

「街に？」

どこで何をするつもりだろう。怪我をしているし、あんなことがあった後なのに。どうしたものかと探しあぐねていると、舎監に声をかけられた。

「ヴィスラン・ロールから、獣人の……オメガの学生の名簿を見せてくれって言われたんだが。何かあったのか？」

それで行き先がわかった。ヴィスランはオメガの学生を一人一人訪ねて、昨夜の相手が誰なのか突き止めるつもりなのだ。

シアも追いかけたかったが、舎監の不安げな顔を見てやめた。二人で寮を抜けたりしたら、何かあったと言っているようなものだ。

大事にしたくない。他のオメガは関係ない、これはヴィスランと自分の問題だ。

「いえ、特に何も」

ぎこちないシアの返答を、舎監がすっかり信じたかどうかはわからないが、それ以上は何も聞かれなかった。

何でもないふりをするために、寮の食堂で食事をし、そわそわしながらヴィスランを待ったが、いつまで経っても帰ってこない。結局、ヴィスランは一晩中外出していた。

彼がいつ寮に帰ったのかは、定かでない。

翌日、シアはヴィスランの顔を見られないまま大学に行き、授業中に熱を出して医務室へ運ばれた。

朝起きた時には身体がふわふわしていたから、もうその時には熱があったのだろう。ヴィスランのことが気がかりだったし、まだ筋肉痛が続いていたから、熱に気づかなかった。

かなりの高熱で、その日は医務室で一晩過ごすことになった。

校医の診断によると、風邪と疲労だということだった。身体の不調が判明した途端、ぐったりだるくなってしまい、それからこんこんと眠り続けた。

翌日も熱は下がらず、まだ夢とうつつの狭間《はざま》にいた。

「……シア」

囁く声がして、シアは眠りから覚醒する。髪や頬を優しく撫でる、大きな手。

「ヴィ、ス？」

重いまぶたを開けようとすると、「まだ眠っておいで」と囁かれた。まぶたの向こうは薄暗く、朝か夜かもわからない。

「起こしてごめん」

いつもの優しいヴィスランだ。シアはホッとして、泣きたくなった。

「ヴィス、ヴィス。俺……」

話をしなければ。あの夜のことを。急いで呼びかけたが、ガサガサに掠《かす》れてひどい声だった。ヴィスランがあやすように、シアの頭を撫でた。

「まだ熱が高いね。……できれば入院させたいんだが」

「ヴィス」

「俺はしばらくの間いなくなるけど、心配しないで。ほんの少し帰るだけだから。すぐに戻ってくる」

「帰る？」

どこに帰るのだろう。まだ、頭がぼんやりしていた。ヴィスランはそんなシアに、くすっと小さく笑う。いつものヴィスランだ。ホッとした。

「実家だよ。こんな時にごめん。でもちょうどいい機会だから、家族にも話してくる。君といることを許してもらわなくちゃ」

何を言っているのかわからなかった。それより、あの夜のことだ。

「ヴィス、俺」

起き上がろうとしたが、思った以上に身体が言うことをきかなかったのと、ヴィスランの手がシアの額と目を覆っていたからだ。

「大丈夫、わかってる。ちゃんと話ができなくてごめん。帰ったら話をしよう。今は自分の身体のことだけ考えて。これ以上熱が続くなら病院へ移してもらうよう、校医の先生に頼んだから」

大丈夫。その言葉に、シアは救われた気がした。ヴィスランが言うのだから、本当に大丈夫なのだ。

「うん……」

好きだよ。ごく自然に、そう言いそうになった。言ってもおかしいことではないけど、でももっと、ちゃんと言いたい。こんな夢うつつではなく、ヴィスランの目を見て、きちんと伝えたい。

そんな想いが突如として溢れ、シアは言葉を飲み込んだ。口にしたのは、当たり障りのない言葉だ。

「気をつけて」

「ありがとう。シア……おやすみ」

最後に何かためらうような間があって、ヴィスランもただ、それだけ言った。シアも「おやすみ」とつぶやく。

大きな手のぬくもりに包まれているうちに、眠くなってしまった。

もう大丈夫。それからまた眠り、翌日目を覚ました時には、熱が下がっていた。

寮に戻ると、ヴィスランが母国に一時帰国したことを知らされた。

「急なことだったからな。君は熱で寝込んでいたので、詳しい事情を話さずに行くと言っていた。母国の件が片付いたら、すぐ戻ってくるそうだ」

他の学生はまだ誰も、ヴィスランがいなくなったことを知らないらしい。舎監が一番先に、シアに教えてくれたのだ。

夢うつつの中で聞いた言葉は、本物だった。

「実家で、何かあったんですね」

後継者争いのことだろうか。一時帰国するというのだから、決着がついたのかもしれない。

舎監はシアの顔を窺うように見た後、「ちょっと来なさい」と言って、舎監室に連れていった。

「彼から留守の間、君のことをくれぐれもよろしく頼むと言われた。君がどこまで聞かされているのか知らないが、もう伝えても大丈夫だろう。ただ、他の学生には言わないと誓ってくれ」

言って舎監は、自分の机から新聞を一部、取り出して見せてくれた。

「ルフス王国の新聞だ。急いで取り寄せたんだよ。カーヌスでは、ルフスの話題なんか扱わないから。昨日届いたんだが、新聞は五日前のものだ。一番大きい記事を読んでみなさい」

新聞の第一面に、『宮中行事で事故』『王子二人が死傷』という大見出しが踊っていた。

記事によると、ルフスで毎年行われる王宮の宮中行事の最中に事故が起こり、第二王子と第三王子が巻き込まれたということだった。

第二王子はその場で死亡が確認され、第三王子も負傷したという。

ルフス国では、一昨年に王太子である第一王子が病死しており、次の王太子を第二王子にするか、第三王子にするかまだ決定していない。

王太子の座を巡って宮中が内争状態にあるからではないかと、国民たちの間では囁かれていた。

しかし、今回の事故で第二王子が亡くなり、王太子は第三王子に確定したと思われる——。

そこまで記事を読んで、シアはハッと顔を上げた。

「これ……」

「その記事にある、第二王子と第三王子というのは、ヴィスラン・ロールの異母兄たちだ。ロールは偽名で、本当の名はヴィスラン・ルフス。彼はルフス王国の貴族ではなく、王位継承権を持つルフス王家の王子だったんだよ」

「ヴィスラン・ルフス」

シアは呆然としたまま、その名をつぶやいた。姓が変わっただけなのに、まるで他人の名を口にしているようだ。

ヴィスランが打ち明けてくれた家庭の事情は、貴族のお家騒動ではなく、王位継承を巡る争いだった。しかし、今回の事故によって一人が亡くなり、決着がつく形となった。

「ヴィスランくんは、兄上の葬儀に出席するために一時帰国したんだそうだ」

一時帰国。すぐに戻ると、ヴィスランも言っていた。わかっていたが、シアは舎監の言葉を聞いてホッとした。

「先生は、ヴィスが王子だと知ってたんですか」

「ああ。大学の上層部と、私を含めたほんの一部の教師だけね。知らない人の方がほとんどだよ。彼が王子だということは極秘事項だった。しかし、母国での問題が解決したということは、今後は今よりもう少し、身分を明かしやすくなるかもしれないな」

葬儀が終わって落ち着いたら、ヴィスランは帰ってくる。シアといることを許してもらうのだと、彼は言っていた。

もしかしたら、二人でルフス国へ渡ることになるかもしれない。以前は王位継承問題があったから帰れなかったが、これからは違う。

二人の事業はカーヌス国ではなく、ルフス国でも興《おこ》せるのだ。

可能性が広がって、シアはドキドキした。ヴィスランが王子だったことには驚いたが、彼は彼だ。

これからもシアの友人。

あの夜の出来事も、何もかも、ヴィスランが戻ってくれば解決する。

そんなふうに、楽観的に考えていた。今までの不安が嘘のように消え、ヴィスランが戻るのを心待ちにした。

まさか、それきり彼と会えなくなるとは、この時は少しも考えていなかった。


それからあっという間にひと月が過ぎ、季節は冬に移った。

ヴィスランはまだ帰ってこない。兄が亡くなったのだから、そうすぐには帰ってこられないだろう。

シアはそう自分を納得させた。でも、ヴィスランのいない生活は寂しい。

（ヴィス、ヴィス。早く会いたいよ）

手紙を書きたかったが、宛先《あてさき》を知らないのだった。舎監に聞いても、大学の上層部しかわからないという。

実験しかやることがなくて、シアは難航していた開発のうち一つを成功させた。

本命の発明ではなく、その研究過程で生まれたごく簡単な技術だ。

ヴィスランが戻ってくるまでに、もっと頑張ろうと作業を続けたが、二か月目に入った辺りから、体調を崩すようになった。

いつも猛烈に眠い。最初は実験続きからくる寝不足かと思ったが、どんなに寝ても眠い。

身体が常にだるい気がするし、食べ物の好みも変わった。寮の食堂で食べられる物が限られていて、ずっとパンだけ齧《かじ》っている日もあった。

「季節の変わり目だからね。気鬱になりかけているんだろう」

校医には、そう診断された。ヴィスランがいなくなったこと、疲れが溜まったりして、精神も疲弊《ひへい》しているのだろうと言う。

温かくして、よく食べてよく眠れば自然に治ると言われ、それから根を詰めないようにした。それでも眠気はなくならない。反対に食欲はなくなった。食堂に行くと気分が悪くなるのだ。

「シア先輩、痩《や》せたんじゃない？」

ある時、キャレ・カルムからそんなことを言われた。

最近になって、キャレとはよく話すようになった。ヴィスランが帰国した直後、キャレが大学構内でシアに詰め寄ったのがきっかけだ。

彼はヴィスランが一時帰国したことを知らされていなかったようで、ヴィスランがいなくなったと耳にして、理由を聞きに来たのだった。

「寮で何かあったんでしょ？　この前、いきなりヴィス先輩がうちに来たんだ。昨日の夜、どこにいて何をしてたのかって怖い顔で聞かれてさ。殺人犯を追う警察みたいだった」

シアが想像していた通り、あの行為があった翌日、ヴィスランはオメガの学生の家を回って犯人捜しをしていたのだ。

「オメガが寮に入ったらしいって、ヴィス先輩は言うんだ。はっきり教えてくれなかったけど」

ヴィスランは、キャレを無実だと判断したらしい。詳しい話はせずに濁したようだ。

キャレは悲しそうに猫耳を水平に寝かせた。

「まあ、僕は前科があるから疑われるのは仕方ないいんだけどさ」

彼は本当に、自分がしたことを反省していた。だからヴィスランに対しても、必要以上に近づかないようにしていたというのだ。

今回、ヴィスランが急に帰国したのも、見知らぬオメガが寮に現れたのが原因だと考え、自分にも責任の一端があるのではないかと気を揉んでいたのだった。

シアはキャレに、ヴィスランは実家の用事で一時帰国したこと、あの夜の件は解決済みだと話した。またすぐ戻ってくると聞いて、キャレはホッとしたようだ。その時はそれで終わりだったが、以来なぜか彼は、シアに懐くようになった。

「だってシア先輩、人族なのに、獣人の僕にも普通に接してくれるもん」

そう言って、無邪気に寄ってこられるとむげにもできず、その後もちょくちょくキャレと昼食を食べたり、勉強を見てやったりしている。

もっともキャレは、元来が人懐っこい性格だったらしく、入学以来、他の人族の学生とも少しずつ交流を深めていた。かつてのヴィスランのように、キャレも人族の学生たちと普通に言葉を交わし、行動を共にしている場面をちょくちょく見かけた。

そんなキャレから、痩せたんじゃないかと指摘された。

確かに、食欲が湧かなくなって肉が落ちた。ズボンも緩くなった。

「元気出してよ。ヴィス先輩だってすぐ帰ってくるんだし」

「うん。ありがとう」

慰められてしまった。最初は問題児だったが、キャレも根は優しい子なのだ。

そんな慰めに救われたのか、数日経つと眠気も少しましになり、食欲も元に戻った。やはり、一時的な気鬱だったらしい。

安心したのだが、今度は急に食欲が増した。それまで食堂を避けがちだったのに、おかわりをして、なおかつ食堂が閉まった後、残った料理をもらいに行くほど、お腹が空《す》くようになった。

定期試験が間近だったが、勉強をしていてもお腹が空いて集中できなかった。

そんなことがあって、定期試験はさんざんだった。卒業論文を書き終え、必要な単位は取っていたからよかったが、そうでなければ留年していたかもしれない。

定期試験を終えてすぐ、キャレからパーティーに誘われた。

「年末は毎年、友達を呼んでパーティーをやるんだ。いつも獣人の友達ばかりだったけど、せっかく大学に入ったから、種族に関係なく楽しみたいなって思って」

キャレが普段から仲良くしている、他の人族の友人にも声をかけているそうだ。

シアはありがたく誘いを受けることにした。

異常な食欲を除けば、以前のような体調不良も治まっている。ヴィスランがいないから、どうせ実験くらいしかやることがない。

それに何より、種族にかかわらず仲良くできるのは嬉しいことだ。

（ヴィスも参加したかっただろうな）

キャレを中心に人族と獣人族の輪が広がっていることを知ったら、彼もきっと喜んだだろう。

しかし、そのヴィスランからは相変わらず、何の音沙汰もない。

こちらからは連絡が取れず、舎監もルフス国の詳しい事情は知らないようで、いつ頃帰れるのだろうと心配していた。

それでもシアは、ヴィスランが帰ってくることを微塵《みじん》も疑っていなかった。大学に籍が残っているし、寮の部屋もそのままだ。何より、彼が戻ると言った。

拭いきれない不安を抱えながら、ヴィスランを信じて日々を過ごしていた。

パーティーの当日、シアは一番いい服を着て、キャレの家に行った。普段着で構わないと言われたが、キャレの家はお金持ちなのだ。自宅も大きなお屋敷だった。

獣人族の集まりというより、シアは人がたくさんいるパーティーそのものに不慣れである。コチコチに緊張して赴いたが、参加者は二十人ほどと思っていたより少なく、その半分が大学の学生だったのでホッとした。

雰囲気は終始和やかで、シアみたいな引っ込み思案でもじゅうぶん楽しむことができた。

異変が起こったのは、日が暮れかけて、そろそろお暇《いとま》しようかなと考えていた頃だった。

会場である広間に、参加者たちは大小四つばかりの輪ができて、めいめいが歓談していた。その一つから、不意に大きな声が上がったのだ。

「えっ？　これ、あの人のことじゃない？　留学生の」

「やっぱりそうだよね」

輪の中にキャレがいて、新聞を持っていた。周りも興味深そうに新聞を覗き込んでいる。

留学生と聞いて、シアは思わず立ち上がる。キャレが気づいて、こちらに不安そうな視線を送った。

シアが近づくと、キャレが新聞を見せてくれた。

「さっき、父が仕事から帰ってきてこれをくれたんだ。父は仕事の関係で、いくつか外国の新聞を取ってるから」

ルフス国の新聞だった。その一面に、よく見知った獣人男性の肖像が大きく刷られていた。

『国王の第五王子、ヴィスラン・ルフス殿下が王太子に』

そこに描かれているのは、どう見てもヴィスランだった。

キャレが物問いたげな顔をしている。シアは呆然と首を横に振った。

わけがわからない。ヴィスランはただ、亡くなった兄、第二王子の葬儀のために帰国したはずだ。すぐに戻ってくると言ったのに。なぜこんなことになっている？

これは嘘の新聞だ。誰かが手の込んだいたずらをしているのだ。そう思いたかった。

記事を読み直そうとしたが、動悸《どうき》がしてまともに読めなかった。ただ、いくつかの小見出しが目に入った。

『国王は近く退位の意向』

『春には戴冠式《たいかんしき》』

目の前が真っ暗になり、シアはその場に倒れ込んだ。


目を覚ましたら夢は終わると思っていたのに、まだ悪夢は続いていた。

シアはパーティーで突然倒れたが、その後すぐに目を覚ました。原因はよくわからない。特に身体の異常は感じなかった。

しかし、キャレとその母親が心配して、奥の客間で寝かせてくれ、その日はそのまま泊めてもらうことになった。

夜になると、獣人の医者をしているというキャレの兄が帰宅して、シアを診察してくれた。

「君は、人族なんだよね？」

キャレの兄、バートは、一通り診察した後、戸惑う声でそんな質問をした。

「いや、見ればわかるんだけど。その……先ほど診た君の身体の特徴が、オメガの妊娠の兆候によく似ていてね。それに今までの体調不良も、妊娠初期のつわりのようだと思って……」

その話を聞いた途端、シアの目からぶわっと涙が溢れた。穴の開いた船底みたいに、次から次へと涙が出た。自分でもどうしてこんなに泣けるのか、わからなかった。

バートがオロオロして、異変を聞きつけたキャレが飛んできた。

そこでシアは、何もかも二人に話してしまった。

一番はじめ、キャレの発情に当てられてヴィスランが発情し、その甘い匂いを嗅いだ時のことから。

ずっと……ヴィスランがいなくなってから、一つの可能性が頭の中にあった。

もしかしたら、自分もオメガの身体になってしまったのではないか。

まさかと思いつつ、眠気や吐き気、猛烈な食欲に駆られるたび、不安でたまらなかった。でもこんなこと、誰にも相談できない。

夜、寮に独りぼっちで寝ていると、不安で眠れない時があった。誰でもいい、誰かに聞いてほしかったのだ。

「すると君は、最初にアルファの発情の匂いをかぎ分けたってことだね。これは通常、ベータや人族ではあり得ないことなんだ。アルファもオメガと同様、発情して甘い匂いを発するけど、この匂いを感知できるのは、オメガだけだ。同じアルファでも、ベータでも感知できない。同様に、オメガの発情の匂いを嗅ぎ分けられるのも、アルファだけなんだ」

バートが子供に教えるように、バース性の発情について教えてくれた。

「だから、アルファの匂いを嗅ぎ分けたというのは、君がオメガの証《あかし》でもある」

「でも、俺は人族だし」

「そこが謎なんだけどね」

バートもまだ、自分の見解をすべて肯定しきれずにいるようだ。人族にバース性があるなんて、聞いたことがない。

「そもそも、今まで発情したことなんてなかったんですよ。もう二十歳を過ぎてるのに。オメガはたいてい十代で、最初の発情期を迎えるんでしょう」

「僕は十七の時だったな。でも、二十歳を越えるまで発情期がなかったって人もいるよ」

そう言ったのはキャレだ。バートもうなずく。

「発情期を迎える年齢には個人差があるね。それにその、最初の発情期というのも、自然に来ることもあるけど、アルファの発情の匂いに誘発されて発情するオメガもたまにいるんだ。身体の準備が整ってきたところに、アルファの匂いがきっかけになるんだね」

キャレの一件でヴィスランが発情したあの時、シアも誘発され、初めての発情期を迎えた。

そしてあの夜、二度目の周期が始まったのだ。

「最初は周期が不安定だからね。徐々に安定してきて、だいたい二か月おきくらいになる」

しかし、シアに三度目の発情期は来ないだろう。当分の間、このお腹の子が生まれるまでは。

「人族にバース性はない。ベータしかいない、というのは通説だけど。人族にもバース性があると言う学者もいる。立証されていない、仮説にすぎないけどね」

バートがその仮説について、教えてくれた。

もとは人族にもバース性、つまりアルファとオメガがいて、彼らは繁殖の過程で淘汰《とうた》され、ベータだけが生き残ったのではないか、というのだ。

そもそも、どうして猿を祖先に持つ人族にだけバース性がないのか、解明されていない。

「どこかの本で、バース性を持つ人族の話を読んだことがある。これも医学的には立証されていないから、眉唾《まゆつば》とされているけど。でも、この仮説が正しいとしたら、バース性を持つ人族がいてもおかしくはない。先祖返りなんて言葉がある通り、生物が親より以前の世代の特徴を持って生まれることは、ままあるからね」

バートの言う通り、自分がオメガだとして、これからどうすればいいのだろう。

「まだすべてが仮定だ。時期的には妊娠初期だし、私の見立て違いって可能性もある。その可能性が高い。何しろ、人族のオメガなんて、医者の私でも一度も聞いたことがなかったんだから」

途方に暮れた顔をしていたのだろう。バートはなだめるように言って、今後も定期的に診察しようと申し出てくれた。

どのみち、人族の医者にはオメガの患者は手に余る。診るなら獣人の医者のほうがいい。

「はっきりしたことがわかるまで、この件は秘密にしておこう。キャレ、お前もだぞ」

「言われなくても、わかってる」

兄に睨まれて、キャレは不貞腐れた顔をした。

「もし本当にヴィス先輩の子供を身ごもってるなら、大事だろ。ヴィス先輩は今や、ルフス王国の王太子なんだから。その第一子ってことになるじゃない」

そう、ヴィスランの子供ということは、王族の子、それも長子になる。

ヴィスランの立場を思い出し、シアは絶壁に立たされた気分になった。

「まだ決まったわけじゃないから」

青ざめるシアに、バートが慌てたように言う。

問題が解決したわけではないが、それでもキャレとバートに深く感謝した。二人に出会っていなければ、今頃はヴィスランの現状も自分の身体のことも、何一つ知らないまま、ただ寮に引きこもって不安を抱えていただろう。

その後、キャレの父からルフス国の新聞をもらって寮に戻り、シアはルフス国の現状を知った。

第二王子が亡くなったあの事故は、ただの事故ではなかった。第三王子を擁立する派閥の中心人物が企てた、殺人事件だった。

事故後の調査で不審な点がいくつも見つかり、第二王子の葬儀の裏で捜査が進められていた。

やがてついに、故意に事故を起こした証拠が見つかり、犯人は逮捕された。とんでもない醜聞である。新聞の紙面からも、ルフス国の人々の動揺が伝わるようだった。

調査の結果、第三王子はこの件に関与していないことが立証されたが、事件の責任を取って王位継承権を放棄し、臣籍に下ることが決まった。

第四王子は出家したまま、還俗《げんぞく》しない意思を表明。現国王の直系の王位継承者は、葬儀のために留学先から戻っていた第五王子、つまりヴィスランただ一人となってしまったのである。

さらに、長男の死亡から続く息子たちの争い、次男を三男の家臣が殺害したとあり、現国王は精神的に疲弊し、体調を崩して寝込むことも多くなったという。

このまま不調が続けば、公務に支障をきたすことになる。また、今のままではろくに療養もできないとして、近く現国王は退位し、王太子のヴィスランが新国王になる予定だとのことだった。

現状を把握して、シアは深く落ち込んだ。

もう、ヴィスランはカーヌス国には戻ってこられない。

彼が嘘をついたわけではない。予期せぬ事態だった。こんな結果になることを、誰が予想できただろう。

でも、シアと二人で事業を起こすという夢は断たれてしまった。ヴィスランは手の届かない、遠い人になったのだ。

(王族か……)

シアは寮で一人の時、お腹をさすることが多くなった。まだ自分がオメガだと、この中に新しい命があると決まったわけではない。

でもどうしてか、シアには予感があった。自分は一人ではないという気がするのだ。

もしその予感が本物なら、自分はどうすればいいのだろう。

堕胎《だたい》、という選択肢はなかった。危険だし、それにヴィスランとの子供なら、絶対に産みたい。

人族で男の自分が子供を産むなんて、冗談みたいだと思う。でも、自分の中に子供がいるという予感と同様に、産むという言葉がごく当たり前のように、シアの中に存在していた。

無事に生まれたとして、その後はどうすればいいのか。ヴィスランは、あの夜の相手がシアだということさえ知らないはずだ。

そもそも、保守的なこの国で、人族の男子が一人で子供を産んで育てるなんて、可能なのだろうか。答えの出ない悩みを抱えたまま、冬休みは図書館に通った。バース性や妊娠出産についての本を、片っ端から読み漁った。

年越しはカルム家で過ごした。キャレとバート兄弟が心配して、一緒に年越しをしようと招いてくれたのだ。

カルム家の両親も温かく迎えてくれて、シアはその年、生まれて初めて家庭の温もりというものを味わった。

年が明けて新学期が始まると、ヴィスランが王族だったという噂は、すでに大学中に広まっていた。あのパーティーに参加した学生たちは知っていたし、他にも異国の情報を耳にした学生たちがいたのだろう。

シアは見知らぬ学生から、ヴィスランについてあれこれ聞かれたが、自分も素性を知らなかったと伝えた。実際、彼がいなくなるまで知らなかったのだ。

新学期の始まりと同時に、ヴィスランが退学したことを舎監から知らされた。

もう大学には戻れないのだから、籍を置いておく必要もない。王太子の記事を見た時に予想していたことだが、現実になると、途方もない喪失感を覚えた。

二人部屋は人気だから、順番待ちの学生がすぐにでも入りたがっている。その話を聞いて、シアは決意した。

（ルフス国へ行こう）

海を渡り、ヴィスランのいる国に行って、彼とどうにか連絡を取る。

方法はわからないが、手紙とか直談判とか、何かあるはずだ。無謀かもしれないけれど、このまま大学にい続けて無為に時間を過ごすより、とにかく何か行動したかった。

カーヌス国では、人族のオメガなんて奇異の目で見られるし、生まれた子供は普通の獣人よりもひどい差別を受けるかもしれない。

それなら、獣人の国であるルフス国で出産したほうがいい。

考え始めると、もうそれしかない気がした。とにかく、ヴィスランに会いたい。彼に会って相談すれば、道は開ける気がする。

王族になりたいなんて、そんな大望を抱いているわけではない。ヴィスランが望むなら、この先も友人のままでいい。

でも彼は優しく情が深いから、きちんとわけを話せば、決してシアと子供を迷惑がったりしないはずだ。

シアはそう考えて、ルフスに渡る決意を固めた。


身の振り方を決めると、シアはすぐさま、大学に退寮の届けを出した。

同室の学生が入ってきたら、身体の不調を隠して生活しなければならなくなる。万が一、知られてしまったらと考えたら怖かった。

単位は足りているので、三学期の定期試験を受けなくても、卒業できる。

大学側には、何も言わなかった。教授や舎監、短い間に仲良くなった友人知人にも、ただやりたいことができた、とだけ告げるにとどめた。

寮を出て、すぐにでもルフスに渡るつもりだったのだが、キャレとバートに打ち明けたら、せめて三学期いっぱいはこちらにとどまったらどうかと説得され、カルム家に厄介になることになった。

三学期が終わり、春休みに入ってすぐ、シアはカーヌス国を出た。

渡航の金は、子供の頃から学業の合間に働いて得た賃金と、大学で教授の手伝いなどしてコツコツ貯めた貯金を使った。

本当に困った時まで、絶対に使わないでおこうと取っておいたものだ。今がその時だと思った。

キャレとバートからも、餞別《せんべつ》をもらった。彼らには本当に感謝している。二人の両親にも妊娠のことは秘密にしていたが、両親ともシアにとても良くしてくれた。

「本当にありがとう。向こうで手紙を書くよ」

大陸に向かう船に乗る当日、キャレとバートにそう言って別れた。

二人とも、とても心配そうだった。

当然だ。シアだって無謀だと思う。身重の、しかも人族のオメガが単身、異国へと向かうのだから。

でもシアは、とにかくヴィスランにもう一度会いたかった。

彼が好きだ。愛している。相手が王太子で、立場が違うことは承知していたが、それは関係ないと思っていた。ヴィスランはヴィスランだと。

別にシアは、彼の伴侶になろうと考えていたわけではない。

ただ、会いたかったのだ。それだけだった。

船に二日揺られ、生まれて初めて汽車に乗り、王都を目指した。

自分の考えが甘かったと、ようやく気付いたのはその汽車の中だ。他の乗客が手にした新聞の見出しが視界に飛び込んできた。

『ヴィスラン殿下　婚約内定　戴冠式の前に結婚か』

王都に着いてすぐ、駅で売っている新聞を全種類、買い集めた。どの新聞も、新たな王太子、もうじき国王となるヴィスランの婚約について書いていた。

『お相手はルフス王家傍系のオメガ』

新聞をすべて読んで、もの知らずな異国人のシアは、ようやくこの国の王族について理解した。

ルフス王家は獅子族の血統で、そして獅子族は世界的に見ても希少な種族である。

王位継承権は性別にかかわらず、王族に与えられるが、いつの時代も臣民が望むのは強き獅子王、つまり獅子族でアルファの王だった。

そして、現王の長男の死からルフス王家の混乱が続き、それがようやく終息した現在、ルフスの人々は王家と国の平和を願っている。

そんな中、外国人でその上、前代未聞の人族のオメガという特殊な存在が現れたら、どうなるか。

シアの存在が公になれば、王家も国も再び混乱に陥るだろう。第三王子の一派が第二王子を殺害したように、凶悪な事件も生まれるかもしれない。

いや、事によるとルフス王家そのものの信頼が危ぶまれるかもしれないのだ。

シアのせいで、ヴィスラン個人だけでなく、王家と国そのものが混乱するかもしれない。

（そんなの、だめだ）

ある新聞には、『ようやく訪れた王家の安寧《あんねい》』と書かれていた。それをシアが壊そうとしている。

知らなかった。自分はあまりにも無知だった。

ただ、愛と情熱だけで飛び込もうとしていた。

シアはそれから長い時間、駅の構内にいた。これからどうすればいいのか、わからなかった。

カーヌス国に帰ろうかと思ったが、あの国ではお腹の子は奇異の目で見られるだろう。シア自身も、人族のオメガということで、いたずらに衆目を集めるに違いない。

そもそも、普通の母子家庭でさえ生活しづらい国なのだ。大学を出たてのシアが、乳飲み子を抱えてできる仕事など思いつかない。

途方に暮れて、駅の雑踏を眺めていた。

ルフスの人たちは当たり前だが、獣人が多かった。でもたまに、人族もいる。獣人に比べれば少数人族だが、だからといって、じろじろ見られることはない。

シアは駅を出て、あてどなく王都の街を歩いた。

王都は活気に満ちていて、街並みは美しく、建物はどれも背が高い。

カーヌスでは珍しい自動車が、馬車と並んでたくさん走っている。街行く人の服はおしゃれで、シアは田舎臭い自分の格好が恥ずかしくなった。

百貨店という、大型の商業施設を目にしたのも、その時が生まれて初めてだった。

駅からほど近い王都の中心部にある百貨店の前で、芝居の衣装みたいな奇抜な扮装をした人たちが楽器をかき鳴らしながらビラを配っていた。

『百貨店　自動階段が間もなく運転開始』

その宣伝ビラを目にした時、シアは歓喜と興奮に身体が震えた。

階段が動くなんて。やっぱりルフスの技術はすごい。これがルフス、ヴィスランの国なのだ。

美しく賑やかな王都の真ん中で、シアはこの時、この国で生きていこうと決意した。

第三章

「シア！　お湯がこぼれちゃう」

ミランの声がして、シアは我に返った。

目の前で、火にかけたやかんがシュンシュン音を立てていた。シアは慌ててやかんを火からおろす。

考え事をして、うっかりしていた。

「もう、シアってば。ぼんやりしてるんだから」

ミランは食堂の子供用の椅子に座り、お気に入りのクマのぬいぐるみを抱きしめながら、いつになく厳しい口調で言った。

それを聞いたシアは、お茶を淹《い》れる手を止めて振り返る。息子に近づき、ふくらんだほっぺをツンツンとつついてやった。

「ミラン。まだ怒ってるの？」

「おこってないもん」

ミランはクマと一緒に、プイっとそっぽを向いた。ここ数日、彼はご機嫌斜めだ。

理由はわかっている。王都に滞在する予定を切り上げ、突然帰ることになってしまったからだ。

楽しみにしていた百貨店の食堂での昼食も、その翌日の動物園も中止になった。

しかも、シアもエリヤもきちんとミランが納得できる理由を言わなかったものだから、ミランはプリプリしているのだった。

帰りの汽車でも、エリヤに買ってもらったクマのぬいぐるみに、「シアったら、ひどいんだよ」などと、ずっと愚痴をこぼし続けていた。苛立ったシアは「しつこいよ」と叱ってしまい、それでもっとヘソを曲げてしまった。

いつも聞き分けのいい子だが、こうなると手ごわい。

しかし、こちらも無理を強《し》いた負い目があるので、あまりうるさいことも言えないのだった。

あの時は、それまでの予定をすべて中止して、逃げるように帰ってきてしまった。

シアはお茶を淹れながら、しばし先日の出来事を思い出す。

百貨店で、ヴィスランと再会した。本当に偶然だった。

ヴィスランはあの日、百貨店で催されていた絵画展の視察に訪れたらしい。翌日の新聞にそう載っていた。

――シア……シア！　ああ、本当に？

シアの姿を見つけ、彼は真っすぐに近づいてきた。

精悍になった顔立ちと、伸びた髪、そして変わらない人懐っこい笑顔。

もう一度、ヴィスランに会えた。本物のヴィスランだ。シアも胸がいっぱいになって、泣きそうになった。ふらふらと抱き付きそうになる。学生時代のように。

しかし、すんでのところで衝動を押しとどめた。

背後のおもちゃ売り場には、ミランがいる。国王陛下の登場で、すでに周囲の注目を集めており、そんなところにヴィスランそっくりのミランが現れたら、どうなるか。

いや、たとえ人の目がなくとも、今さらヴィスランとミランを引き合わせることなど考えていなかった。

会わせてどうなる？　ヴィスランはシアとミランを放っておけないだろう。自分たちの存在は、若き王を悩ませることになる。

「国王陛下。お久しぶりです。カーヌスの大学寮以来ですね」

迷ったシアは、笑顔を作って礼をした。よそよそしい口調に、ヴィスランの表情から笑顔が滑り落ちる。

「シア……？」

呆然とシアを見つめる。シアもこれ以上、どういう態度を取ればいいのかわからなかった。

その場を救ったのは、エリヤの機転だ。

「これは国王陛下。お会いできて光栄です。シア、君が陛下と大学の同窓生だっていうのは、本当だったんだね」

いつの間にか近くまで来ていたエリヤが、にこやかに前に出て、よく通る声で言った。

周りの人々も、これで国王と通りすがりの青年の関係が理解できただろう。

にこやかに微笑みながらも、シアの肩を親しそうに抱く。いつものエリヤなら、絶対にそんなことはしない。

話し方もいつもなよっとしているのに、今は表向きの紳士らしい言葉遣いだ。

いかにもアルファらしい、逞しい男がシアの傍らに立つのに、ヴィスランの目が一瞬、険を帯びたように見えた。切れ長の目が細められ、鋭くエリヤを見据える。

でもそれは本当に一瞬で、シアの気のせいだったかもしれない。

「シア、彼は？　ご友人かな」

にっこりと、行儀のいい笑みを浮かべてヴィスランがシアとエリヤを見比べた。

「友人？　いいえ、家族です。書類上の手続きはまだですがね」

シアが口を開くより早く、エリヤが答えた。ヴィスランに負けず劣らず行儀のいい笑顔で、シアを抱き寄せる。まるで恋人みたいだ。いや、そういう演技をしているのか。

遅ればせながら気がつき、シアも乗ることにした。とにかく、ミランの存在を隠したい。

そのミランはと、ちらりと背後を振り返ると、おもちゃ屋の奥で店員と一緒にいた。

「陛下もそろそろ、ご結婚なされるのでは？　国民は楽しみにしておりますよ」

エリヤのその言葉に、ヴィスランは不意を突かれたように軽く身じろぎし、笑顔を消した。

何か言おうとして、言葉が見つからないというように口をつぐむ。

その時、ヴィスランの後ろに控えていた男性が、「陛下、そろそろ会場に行かれませんと」と、声をかけた。

「これは失礼を。足をお止めしてしまい、申し訳ありませんでした」

エリヤが通る声で言い、大袈裟なくらい慇懃《いんぎん》な礼を取る。シアも慌ててそれに倣《なら》った。

頭を下げていたので、その時のヴィスランの表情は見えなかったが、わずかな間の後、

「シア。また会おう」

そう言ったのが聞こえた。

シアは何も答えられなかった。どう答えろというのだろう。黙ってお辞儀をしていたら、ヴィスランとその一行は通り過ぎていった。

それからシアとエリヤは、ミランを連れてエリヤの自宅に帰った。ミランは不貞腐れてしまったが、仕方がない。

ヴィスランの周りに、どこかの新聞記者がいるかもわからないし、百貨店の中でまたヴィスランと顔を合わせないとも限らない。

ミランの存在が新聞にすっぱ抜かれたり、ヴィスランに気づかれたりしたらどうしよう。

不安に駆られ、その日のうちに村に帰ることにした。エリヤの家に戻ってすぐ、荷造りをしようとすると、エリヤに「本当にいいの？」と言われた。

「このまま帰っちゃって、後悔しない？　国王陛下は相当、あなたに未練があるみたいよ？」

「未練て。友人だよ。言っただろ」

まるで、二人が恋人だったみたいな言い方だ。

当時の別れ方は、ヴィスランにとっても不本意だっただろう。一緒に事業を起こす約束までしたのに、果たせなかったのだから。

もしかしたら、シアがヴィスランに怒っていると勘違いされているかもしれない。

「ええ、そうね。二人は気が合って、とても仲のいい同室の友人だった。人懐っこくて誰にでも優しくて、紳士で。あなたからそう聞いてたけど……」

エリヤはそこで言葉を濁した。何か迷うように視線を逸らす。

「いえ……そう。彼、とびきりいい男だし、紳士的だけど。人懐っこくて優しいっていうのは、どうかと思って。ちょっと怖い人じゃない？」

「え、そう？」

ほんの一瞬の再会だった。エリヤだって、ちょっと言葉を交わしただけだ。怖い場面などあっただろうか。

「ヴィスは優しいよ」

本当にいい友人だった。国王となってから、醜聞にまみれた王家を建て直すべく努力と苦労をしているのを、新聞などで目にしていた。

彼が結婚していないのも、いまだに王家に対する国民の目が厳しく、伴侶に批判が向けられるのを避けるためだという。

ヴィスランは一人で国のために奮闘している。

「私は、『ヴィス陛下』の人となりをよく知らないけどね」

優しい、ときっぱり言いきったシアに、エリヤはため息をついた。

「シアの言う、好きな人に迷惑をかけたくないって思いや、ミランの身がどうなるか心配だっていうのも理解できる。だから私は、あなたの意見を尊重するわ。でも一つだけ教えて。もし、王族だとか国だとかしがらみがなかったら、どうしたい？　彼にミランのことを打ち明けたいって思う？　それとも、ミランと二人きりの方が気楽だから、父親なんて今さらいらない？」

最後の方は軽く冗談めかした口調だったが、エリヤの目は真剣だった。

シアは本心では、どうしたいのか。

「そりゃあ、ヴィスに会いたいよ。今でも好き。再会してわかった。もしヴィスが、あの夜のことを許して受け入れてくれるなら、ミランに会ってほしい。もちろん、三人でいられたら最高だけど」

それは無理だ。ヴィスランには婚約者もいる。

五年前に内定していた婚約は、報じられた後にすぐ破談となったが、それは表向きの話で、実は今も婚約が続いていると、何かの新聞で読んだことがある。

「そう。わかった」

包み隠さず本音を告げると、エリヤはうなずいて、もうそれ以上は何も言わず、荷造りを手伝ってくれた。

王都から逃げるように帰って数日。何かあったら電報を送るわ、とエリヤは言っていた。

シアがどこに住んでいるのか、ヴィスランは知らないから、もし本当に連絡を取りたがっていて、探し出すとしたら実業家でそれなりに顔が知られたエリヤに接触するだろう。

もし会いたいと言われたら、どうすればいいのか。

ヴィスランの顔を見たいという気持ちと、それが現実になったらという不安とが、心の中でせめぎ合っていた。

ヴィスランと再会して、半月が過ぎた。

王都での一件は夢かと思うくらい、平和な毎日が続いている。

ミランの機嫌もすっかり直って、近所の子供たちと元気に遊び回っていた。シアはエリヤから受注した仕事をこなしつつ、発明に繋がる研究を続ける日々だ。

「シア、シアー！　ねえねえ、すごい馬車がきてるよ！」

昼下がり、シアが工房で作業をしていると、ミランが興奮した様子で駆け込んできた。

「すごい馬車？　あ、ミラン、そっちの作業台は今、危ないから近寄らないで」

何がすごいのかわからないので、気のない返事をしてしまう。ミランは焦れったそうに「いいから来て」と急かした。

「すっごく大きくてかっこいいの。早く見ないと、行っちゃうかもしれないよ」

その「すごい馬車」とやらを、シアにも見せたいらしい。あまり興味はなかったが、ミランがどうしてもというので重い腰を上げた。

「どこに停まってるの？」

「うちの前。おばあちゃんのお客さんかなあ」

ひやりとして、足が止まった。ミランは気づかず駆けていき、大家のマーゴの家の前で振り返った。

「ほら見て、あれ！」

ミランが指さした先に、確かに大きく立派な四頭立ての馬車が停まっていた。黒塗りで、施された装飾は最低限だが、市井《しせい》の乗り合い馬車とは見るからに造りが違う。馬車の脇にいる御者も、かしこまった制服を着ている。

「待って、ミラン。こっちに……」

ある可能性を思いついて、馬車に近づくミランを呼び戻そうとした。

しかし、すでに遅かった。マーゴの家のドアが開き、大きな人影がぬっとミランの前に現れた。

ミランには、足しか見えなかっただろう。不思議そうに首を上に向け、それでも相手の顔が見えなくて、どんどんのけ反っていくうちに、後ろにコロンとひっくり返った。

「わっ」

「危ない」

現れた人物が、片手でミランの小さな身体をすくい上げた。危なげなく抱き起こし、その場に立たせる。ミランの目線に合わせるように、自分もしゃがみ込んだ。

「大丈夫かい?」

心配そうに、でも優しい声で、その人物は尋ねた。

ヴィスラン・ルフス。数日前にも見た逞しい巨軀を目にして、シアの心は再び震えた。

「うん。……ありがとう」

ミランはお礼を言いつつ、ヴィスランを物珍しそうに見上げている。そしてヴィスランは、そんなミランに愛おしむような視線を向けていた。

その眼差しを見て、シアは理解する。

……ヴィスランは、ミランの存在をすでに知っていてここに来た。

「ミラン」

離れた場所から声をかける。二人が同時に振り向いた。耳をピクッと震わせる仕草まで、よく似ている。

「シア」

眩しそうに目を細め、ヴィスランは名前を口にした。それからミランを振り返る。

「君は、ミランというんだね。ミラン・リンド？」

「うん……」

「シアの息子だ」

ミランは少し警戒するように、上目遣いにヴィスランを窺った。曖昧にうなずく。

「ん……シアはぼくのとうさんで、かあさんだけど」

それは、シアがミランに言い聞かせている言葉だ。誰かにシアとの関係を聞かれた時は、そう答えなさいと言ってあった。

シアがミランの父であり、母である。そのつもりで育ててきたし、また真実を隠すためでもあった。

「そう。素敵だね」

「おじさんは、だれ？」

「こら、ミラン」

おじさん、という呼びかけにヴィスランが少し寂しげに微笑み、シアは慌てた。

「国王陛下、この国の王様だ」

ヴィスランの肖像は紙幣にもなったし、新聞などで見ているはずだが、幼いミランにはピンと来なかったのかもしれない。不思議そうに目を見開いていた。

「確かに俺は、この国の王様だけど。シアの友達……親友でもあるんだ。同じ大学に通って、一緒に暮らしてたんだよ」

ね、と同意を求めるように、シアを見る。ミランの視線がこちらに移って、シアはぎこちなくうなずいた。

親友。そんなふうに言ってくれるのか。あの夜の出来事に、ミランという結果を見ても、なお。

「おうさま……一番えらいひと？」

ミランが、まだ事態を飲み込めない、というふうに怪訝《けげん》な顔をするのに、ヴィスランは「偉いかどうかはわからないけど」と、答えるのが彼らしい。

「ほら、獅子族の耳をしてるだろう？」

王様とその家族は獅子族、というのは、子供でも知っている。ヴィスランが首を傾けて自分の耳を見せると、ミランが途端に興味を示した。

「ほんとだ」

「ミランのお耳に似ているね」

「うん……。ぼく、ピューマなの。ピューマはね、山獅子ともよばれてるんだよ」

ヴィスランの顔に、懐かしさとも、愛おしさともつかない微笑みが広がった。ピューマとは、カーヌス国留学時代、ヴィスラン自身が名乗っていたものだ。

「ヴィ……陛下」

シアは二人に近づいた。再びヴィスランの顔を見ることができたが、内心は不安でいっぱいだった。

「陛下はやめてくれないか。連れてきたのは身内みたいな部下だけだ。ここでは今まで通り、ヴィスと呼んでほしい」

ヴィスランが立ち上がってシアにそう告げた時、マーゴの家のドアが再び開いて、中から見知らぬ男性が顔を出した。

続いて、不安げな表情を浮かべるマーゴの姿が。その後ろからさらに、孫嫁のマリが興奮した笑顔で続くのが対照的だった。シアの事情を知るマーゴに対し、マリはただ純粋に、国王が自分の家にやってきたことに興奮し、喜んでいる。

「ヴィス……。ここにはどうやって？　エリヤに聞いたんですか」

エリヤという名が出た時、ヴィスランの片頬がひくりと震えた。しかし相変わらず表情は穏やかなまま、「いいや」とかぶりを振る。

「彼から聞いたのではなくて、彼を調べてここに辿り着いた。それから、敬語もやめてくれないか」

エリヤはものすごく有名人というわけではないが、成功している実業家だから、比較的身元が割れやすかったのだろう。

一度身元が分かれば、ヴィスランならば君主としての力を行使してエリヤの身の回りを調べるのはたやすい。

百貨店で会った時から、もしかしたら探し出されるかもしれないという予感はしていた。

逃げるべきか迷ったが、ミランの将来を考えると、この地で築いた生活基盤を容易に捨てることもできなかった。

逃げなくても、ヴィスランは追ってはこないかもしれない。百貨店ではただ、久しぶりに旧友と再会して懐かしく思っただけ。

しかし、もし彼が現れたら？　自分はどうするべきか。

あれこれ考えたものの結論は出ず、まごまごしている間にヴィスランが現れた。

「シア。時間がないから用件だけ言うよ。俺と一緒に来てほしい」

ヴィスランの言葉に、シアは息を詰めた。

「一緒に……？」

シアの険しい表情を見て、ミランが不安そうに表情を曇らせる。

「シア、だいじょうぶ？」

くるりと踵を返し、シアの方へ駆け寄った。シアはその場にしゃがんで腕を広げると、胸に飛び込んできた息子を強く抱きしめた。

「一緒にって、どういうことです。陛下のご命令ですか」

あえて敬語を崩さず睨むと、ヴィスランは悲しそうに耳を水平に寝かせ、「違うよ」と、焦った様子で言った。

「命令なんかじゃない。……すまない。いきなり何の連絡もなくやってきて、驚かせたと思う。これはお願いだ。二人に王都に来てほしい。できれば今すぐ。王宮に住まいを用意しているんだ」

呼び寄せて、どうするつもりだろう。聞きたいけれど、込み入ったことを立ち話ではできない。

「今すぐと言われても、受注している仕事もありますし、ミランが赤ん坊の頃から、ここで生活してきたんです」

「それも、わかってる。すまない。仕事は、エリヤ・ジョルトイから受注してるんだったね？ ここで工房を構えてるって聞いたよ。工房の設備を移すよう手配する。ジョルトイ氏には、王都に着いてから連絡すればいい」

「そんな」

いきなり来て、勝手だ。シアの中に反発が生まれたその時、ヴィスランの背後にいた背広姿の男性が突然、前に出て口を挟んだ。

「我々はお二人を、一刻も早く保護したいのです」

丸くて小さな耳は狸《たぬき》だろうか。中肉中背、眼鏡をかけた真面目そうな男性だった。

「保護？」

「はい。突然の訪問に驚かれたことでしょう。非礼も承知しておりますが、どうかお許しください。この場で詳しくはお話しできませんが、ヴィスラン様とお二人の繋がりが漏れた今、お二人の身の安全のために必要なことなのです」

ヴィスランに実子がいることが、どこかに漏れた。

ミランが誰かに狙われているということだろうか。

シアは青ざめて、ミランを強く抱きしめた。ミランも不安を感じ取ったのか、シアに縋りつく。

「シア、心配しないで。二人の身の安全は俺が絶対に守るから。ここでの暮らしを捨てろとは言わないよ。まず、とりあえずでいいんだ。ほんのちょっと、王都に滞在するつもりで。俺たちは何より、きちんと話し合わなきゃならないよね？　だからどうか、一緒に来てほしい。お願いだ」

ヴィスランはこちらに近づくと、しゃがみ込むシアたちの前で膝を折った。

「お願いだ、シア」

ヴィスランの懇願に、シアもそれ以上は抵抗できなかった。

もう逃げることはできない。こうなったからには、ヴィスランと向き合うしかない。

何より、ミランの身の安全がかかっている。

「わかったよ、ヴィス」

シアは観念して、そう答えた。

今すぐ、と言われたが、荷物をまとめるための時間は必要だ。王都までの列車の時間もある。

シアとミランは、明日の列車で王都に向かうことになった。

ヴィスランは多忙なようで、話を終えるや慌ただしく帰ってしまった。

「王都で待ってる」

去り際、名残惜《なごりお》しそうにシアに言い、ミランには、

「握手をしてもいい？」

と、控えめに尋ねた。ミランはシアの顔を見る。シアがうなずくと、黙って手を差し出し、そして
きっぱりした口調で言った。

「シアをいじめないで」

嬉しそうにミランの手を握りかけたヴィスランは、衝撃を受けたように固まった。

「シアのいやがること、しないで」

ミランは幼い身で精いっぱい、シアを守ろうとしているのだ。シアは思わず目を潤《うる》ませてしまった。

「ミラン、ありがと。俺はいじめられてないよ」

「ほんと？」

ミランがちらっと見上げて問いかけたのは、ヴィスランに対してだ。

「うん。いじめないし、嫌がることはしない。大事にする。シアのことも君のことも。約束する。誓うよ」

ヴィスランも必死に言い募る。それに対してミランは「なら、いいけど」と、冷たく言って、さっ

と手を引いた。ヴィスランはそれに少し、寂しそうな顔をしたが、何も言わなかった。

彼は去っていき、代わりに眼鏡の男性と二人の護衛がとどまった。眼鏡の男性はアトロ・メーレスといい、ヴィスランの側近なのだそうだ。

ベータの獣人で、だから何も心配はいりませんと言われた。

ヴィスランは、シアがオメガだと知っている。ミランが自分の子だとわかっているのだから、当然といえば当然だが、彼が何をどこまで知っているのか、シアは気になった。

ヴィスランの言う通り、話し合わねばならない。

彼が去った後、シアとミランは大急ぎで荷造りした。

「向こうにはすべて揃っておりますし、必要なら買い揃えますから、最低限でいいですよ」

アトロはそう言ったが、お金で買えない大切な物もある。

「クマさん、ぜんぶ持っていっていいかな」

ミランが不安そうに尋ねた。ここでの生活を捨てる必要はないと、ヴィスランは言った。でも、いつ戻れるとも言わなかった。

「いいよ。ミランが持っていきたいもの、ぜんぶ持っていこう」

少し考えて、シアは答えた。これから何が待ち受けているのかわからない。また会えると安心して手放したら最後、二度と会えないことだってあるのだ。

「ぜんぶ？　きかんしゃも、大きいクマさんも？」

「もちろん。絵本とあと、ミランのお気に入りのコップもね」

ものすごい荷物になるかもしれないが、アトロと護衛の人たちに手伝ってもらおう。いきなり押し掛けて連れていくんだから、これくらい許されるはずだ。

「大きいまちにひっこすの？」

「ううん。ちょっと長くいるだけだよ」

マーゴも荷造りを手伝ってくれた。

「力になれなくてごめんね。エリヤから、くれぐれもよろしくと言われていたのに」

突然、マーゴがそんなことを言うから、シアはびっくりした。

「何言ってるの。たくさん力になってくれたじゃないか。俺一人じゃ、ミランを育てられなかった。ミランが元気に育って、俺がこうして平和に暮らせたのは、マーゴたちのおかげだよ。本当にありがとう、マーゴ。こっちこそ、たくさん迷惑かけてごめんね」

「迷惑だなんて。孫がもう一人できたみたいで、嬉しかったわよ」

「なんだか最後の別れみたいだ。また戻ってくるよ」

シアは明るい口調で言って、マーゴを抱きしめた。でも、本当に帰ってこられるかどうかはわからない。マーゴも同じように考えているだろう。抱き返す腕には、いつになく力がこもっていた。

翌日、アトロが手配してくれた馬車に荷物を詰め込み、シアとミランは村を出た。

「それじゃあ、行ってきます」

マーゴと孫夫婦に見送られ、そう言った。さよならとは言わなかった。

小さい街から列車に乗る。いつも王都に向かう時にははしゃぎまくるミランも、今は不安が大きいのか、一番お気に入りのクマのぬいぐるみを抱いたまま、黙り込んでいた。

列車は一番いい特等席だった。シアもミランも、一番安い三等席にしか乗ったことがない。

しかも車両内には他の客の姿はなかった。王都行きの列車はいつも混雑しているから、これは偶然ではないだろう。この車両丸ごとを貸し切っているのだ。

アトロと護衛たちは当然のように乗り込むが、シアは気後《きおく》れしてしまう。ヴィスランと自分の身分差を意識して、これからどうなるのかと考える。

「不安ですか」

シアとミランが並んで座り、その向かいの席にアトロが着いた。汽車が走り出すと、アトロが静かに問いかけてきた。

「それは、もちろん」

「昨日、我々がシア様たちを保護したいと言ったからでしょうか。身の危険を感じておられるのでしたら、ご心配には及びません。ただちに危害が及ぶ状況ではありませんから」

昨日の話では、どこかにミランの情報が漏《も》れて、すぐに保護が必要とのことだった。

話が違うのではないかと思ったが、この場では口にしなかった。どうせもう、汽車は走り出してしまったのだ。

「俺たちがこの先、どうなるのかわからなくて。そっちの方が不安です」

アトロは眼鏡の奥で、何度か瞬きをした。シアの言った言葉を理解しようと考えている、そんな様子だった。

「村にはいつ戻れるか、とか。あと、こういう豪華な汽車に乗るのも初めてで、気後れしています。王都に行く時はいつも、三等車でしたから」

シアは言いながら、ちらりと隣のミランを見る。ミランは絵本を取り出して眺めていた。でも集中しているわけではなさそうだから、あまりこの場で不安にさせるようなことは言えない。

アトロもミランに視線を送ってから、「なるほど」とうなずいた。鼻に乗った眼鏡の山を、中指で軽く押し上げた。

「気後れするというのは、わかる気がします。私も陛下にお仕えする以前は、三等車しか乗ったことがありませんでした」

狸族のアトロは、ヴィスランより三つ年上だという。昨晩、夕食の時に少しだけ話したところによると、彼は平民の出身なのだそうだ。

王都の大学を出た後、官僚採用試験を受けて文官となり、宮内府という王室の事務方に採用された。そこから王太子になったばかりのヴィスランの補佐官となり、今に至るという。

前国王の時代から、身分に関係なく官吏の採用がされるようになったが、それでも側近は貴族出身の者ばかりだった。

ヴィスランの時代になって、アトロをはじめ、平民出身の侍従や補佐官を何人も採用するようになったと言い、それをきっかけに、王宮内でも平民の登用が広まったそうだ。

そうした話をするアトロの言葉や表情の端々には、ヴィスランへの尊敬と信頼が見て取れた。

あまり表情を変えない人なのでわかりにくいが、シアやミランに対しても丁寧で気配り上手だ。

ヴィスランが任せたのだから、信頼できる人なのだろう。でもまだ、シアにはすべてあけすけに話をする気にはなれない。当のヴィスランが何を考えているかさえ、わからないのだから。

「今後のことは、陛下とお二人でよくご相談なさるのがよろしいでしょう。シア様が納得のいかれるまで。陛下も無理強いされないはずです。シア様とミラン様のお幸せを一番に考えておられますから」

シアとミランの幸せを考えている。それはきっと、本当のことだろう。シアが知るヴィスランは、そういう人だ。

それでも、国王陛下と平民という隔たりはなくならない。豪華な特等車両に揺られながら、シアは不安なままだった。


王宮の最奥にあるヴィスランの住居は、緑に溢れた美しい場所だった。

邸宅の前に青々とした芝生の庭園があり、周りは森に囲まれている。こんな場所が王都にあるなんて、シアには信じられない気分だった。

「よく来てくれたね。列車の旅は疲れなかった？」

屋敷に着くと、ヴィスランが出迎えてくれた。柔らかな綿のシャツとズボンだけの砕けた格好で、学生時代を思わせる気安さにほんの少し、ホッとする。

「部屋まで案内するよ。シアとミランはとりあえず、同じ部屋にしたんだ」

ヴィスランはいそいそとシアたちを誘う。アトロは玄関で、シアたちが持参した荷物を使用人たちに運びこませていた。

「すごい」

「大きいね」

シアとミランは、中に入ると二人でキョロキョロと見回してしまった。

玄関広間は二階まで吹き抜けになっていて、そこだけでシアたちの家がすっぽり入ってしまいそうだ。

「うん、カーヌスの大学寮と同じくらいの広さかな」

ヴィスランが二人のつぶやきに、そんなふうに返してきた。カーヌスの大学寮。シアにはとてもわかりやすい例えだ。懐かしさに、ふっと笑いがこみ上げた。

「それは相当広いね」

ヴィスランも笑い、ミランの顔を覗き込んだ。

「ねえ、ミラン。そんなわけで、君の部屋までだいぶかかるから、俺が抱っこして歩いてもいいかな」

「えー、だっこ?」

急な提案に、ミランはもじもじした。少し前までは、シアもミランを抱き上げていたけど、四歳になったミランはだいぶ大きくなり、抱っこされる機会もほとんどなくなった。

ミランは、もう大きいのになあ、という顔をしている。

「嫌かい?」

「いやじゃないけど……」

言葉を濁し、ちらっとこちらを見る。言葉通り、嫌がっているわけではなさそうなので、シアはうなずいた。

「じゃあ、おねがいします」

なぜか丁寧に言って、ミランは腕を伸ばす。ヴィスランはくすっと笑って、小さな身体をすくい上げた。

「わあ」

思っていた以上に視界が高くなったのだろう、ミランが驚きの交じった歓声を上げる。

「怖いかい？」

「ううん。高くて面白い。エリヤより高いかも」

エリヤの名前が出て、またヴィスランの頬がひくっと震えた。けれど、エリヤより高いと言われたのが嬉しかったのか、耳が細かく震えている。

「俺の方が背が高いからね」

なんて、得意げに言う。同じアルファということで、敵愾心《てきがいしん》が湧くのだろうか。

「さあ行こう」

ヴィスランは張り切っていた。耳がぴくぴくして、ズボンから出た尻尾はしきりに揺れていた。

彼は、ミランとの触れ合いを喜んでいる。いつの間にかできていた息子を心から歓迎している。

よく似た二人の後ろ姿を追いかけながら、シアは心が重くなるのを感じた。

アトロは、今後のことを話しあうようにと言った。ヴィスランは無理強いしないと。

しかし、もしシアが村に帰る選択をすれば、ヴィスランから息子を奪うことになる。ミランもせっかく会えた父を父と思えないままだ。

一方で、ミランが王宮にとどまった場合、それは王族として生きていくことを意味するのではないか。

外国人で平民、しかも人族のオメガを母に持つという出自は、王宮では決して歓迎されることではあるまい。

村でのような、自由な生活は望めないだろう。友達とも別れることになる。

ヴィスランとミランの双方の幸福を考えると、何が正解なのかわからない。

それに自分はどうなるのだろう。ミランと一緒にいられるだろうか。息子と離れるのだけは、絶対に嫌だ。

「シア、こっちだよ」

考え込んでいたら、いつの間にか二人と離れていた。シアは慌てて小走りに後を追う。はぐれたら迷子になりそうだ。

ヴィスランが案内してくれたシアたちの部屋は、屋敷の二階の奥まった場所にあった。

「シアとミランの部屋は分けようと思ったんだけど、最初は一緒の部屋がいいと思って」

ヴィスランはそう言ったが、中は一部屋ではなかった。

小さな前室があって、続いて居間のような広い部屋がある。丸テーブルと、窓際にゆったりした長椅子が置かれていた。

さらに奥には寝室があり、大きな天蓋《てんがい》付きのベッドと、こちらにもテーブルがあった。

衣装部屋に、風呂と手洗いまで付いている。

「一通り、必要そうなものは揃えてあるんだ。他にいるものがあれば、何でも言ってほしい」

衣装部屋には、シアとミランのための服や靴が揃えてある。考えてみれば、王宮にはそれにふさわしい装いがあるのだ。

「あっ、クマさんだ！」

天蓋付きのベッドの枕もとに、小さなクマのぬいぐるみがあるのを、ミランが見つけて声を上げた。

「昨日、ミランが好きだと聞いて、いくつか買っておいたんだ。他にもあと五つ、この部屋の中に隠れてるから、探してみる？」

ヴィスランがいたずらっぽく持ち掛け、ミランは目を輝かせた。

シアとはそんな話をしていないから、マーゴから聞いたのだろうか。昨日の今日で行動が早い。

「シア。ねえ、クマさんさがしてもいい？」

ミランはいちおうシアにお伺いを立てるが、すでにヴィスランの腕からにじり下りていた。シアは苦笑しつつ、「いいよ」とうなずく。

それを聞くや、ミランは弾ける豆みたいになって、もの凄い速さで部屋をあちこち探し回った。

戸棚の手の届く場所はぜんぶ開け、ベッドの下にまでもぐるから、シアはひやひやした。こんなに自由に動き回っていいのだろうか。

しかしヴィスランは、ニコニコしながらそんなミランを眺めている。

「あっ、これ！　オーラムの『緑のクマ』シリーズだ。カタログでしか見たことないやつ。しかも、せいひん番号が二ケタだって。これはきちょうなんだよ」

「ええっ？　あっ、うん。その通り。昨日取り寄せて今朝、届いたんだ。すごいな。ミランはまだ四歳なのに、難しいことを知ってるんだね」

ミランの思わぬ博識ぶりに、ヴィスランはちょっと面食らっていた。

「……天才かな。いや、間違いなく天才だよね？　この歳でこんなに詳しいなんて」

ヴィスランは何かの可能性を思いついたらしく、急に興奮したようにシアに同意を求めてくるので、戸惑ってしまう。

「うーん、どうかな。天才ではないと思う。クマのことにだけ、異様に詳しいんだ」

大人たちがそんな話をしている間に、ミランは執念で、あっという間に隠されていた五つのクマをすべて探し出した。

ヴィスランは相好《そうごう》を崩しながらそれを褒め、クマはプレゼントだと言った。

「ほんとに？　ぜんぶで六つもあるよ。うちはいつも、おもちゃは一度に一つだけなの」

「歓迎の印だ。大事にしてくれたら嬉しいな」

ミランは目を丸くして、本当にいいのかとシアを見る。

普段の暮らしを考えれば贅沢だが、ここでそれを口にするのは野暮《やぼ》だろう。

それに、ヴィスランが宝探しならぬクマ探しを用意してくれたおかげで、昨日からずっと不安そうにしていたミランがすっかり元気になった。

シアも少し、緊張がほぐれたと思う。

いいよとうなずくと、ミランはぱあっと輝くような表情になった。

「ありがとう、へーか！」

陛下、とシアが言うのを聞いていたらしい。ヴィスランは一瞬、寂しそうな顔をした。

「いいんだよ。それより、ミランも俺のことは、ヴィスと呼んでほしいな」

「ヴィス？」

ミランは緑のクマをしっかり抱きしめて、ヴィスランを見上げる。ヴィスランは自分によく似た子供を、愛おしそうに見下ろした。

「そう。俺はヴィスラン。ヴィスラン・ルフスというんだ。親しい人はヴィスって呼ぶ。だからミランもそう呼んでくれないか」

ミランは即座にこくりとうなずいた。

「わかった。ヴィス。クマさんをありがとう。だいじにする」

「うん。そうしてくれると嬉しいな」

そう言ったヴィスランは、本当に嬉しそうだった。


ヴィスランと話し合わなければならない。すべてを……そう、あの夜のことから。

決意をして村を出た。王宮に着いた夜、それがようやく実現した。

「座って、シア。お茶をどうぞ」

侍女に案内された一室に、ヴィスランが待っていた。

シアたちと同じ二階、シアたちの部屋は東の棟の端だが、ヴィスランの部屋は西の棟の端に位置していて、ずいぶんな距離があった。

「ミランは？」

「ぐっすり寝てる」

座って、と、窓際の小さな丸テーブルに案内され、席に着くと、ヴィスランが手ずからお茶を淹れてくれた。

「ベッドにクマを並べて、ご機嫌だったよ。ありがとう」

豪華ではないが、手間のかかった丁寧な夕食をミランとヴィスランと三人で囲み、部屋に付いている風呂に入って、ミランを寝かせた。

旅の疲れと、クマで大はしゃぎしたこともあって、ミランはすぐ眠ってしまった。

「ヴィスっていい人だね」

寝る間際、家から持参したクマと今日もらったクマ、すべてを枕もとにずらりと並べ、そんなことを言っていた。

一度に六つもクマをくれたのだ。最初は警戒していたのに、すっかりヴィスランに心を許してしまった。子供だから仕方がないのかもしれないが、単純すぎてちょっと心配になる。

「素直ないい子だ。シアが愛情深く育てたからだね」

お茶を淹れたカップをシアの前に差し出しながら、ヴィスランがつぶやくように言う。シアの向かいにもう一つカップを置き、そこに座った。

「マーゴやエリヤ、それに村の人たちも助けてくれたから。俺一人じゃ育てきれなかったよ。……ほら、俺はずぼらだし」

ちょっと当てつけがましく聞こえたかもしれないと思い、急いで付け加える。ヴィスランは薄く寂しげに微笑むだけで、何も言わなかった。

侍従や侍女、使用人たちもみんな下がっており、部屋には二人きりだ。

森に囲まれた邸宅は静かで、立派な普請《ふしん》のせいか、外からは葉擦れの音さえ聞こえてこない。

「……俺を恨んでるだろうね」

やがてぽつりと、ヴィスランが言った。手にしたカップをじっと見つめていたシアは、弾かれるようにして向かいを見た。

ヴィスランもまた、カップに目を落としていて、こちらを見ようとしなかった。

「君とミランには、謝っても謝りきれないことをした。恨まれても仕方がないと思ってる」

「ちょっと待ってくれよ。俺は恨んでなんかないよ」

突然のことに驚いた。

「それを言うなら、こっちの方だよ。不可抗力だったけど、ヴィスに嫌われて疎まれても仕方がないことをした」

「そんなこと……あれは君のせいじゃない。いや、俺こそ」

ヴィスランも焦った様子で腰を浮かせるから、シアは「ちょっと待って」と、もう一度言って押しとどめた。

「あの、ちゃんと最初から話さないか。あの夜の……相手が俺だってこと、ヴィスはもう知ってるんだよね。いつ気づいた？」

本当に何も話さないまま別れてしまったのだ。シアが言うと、ヴィスランは不意を突かれたような顔になり、やがてそれは納得した表情に変わった。

「……なるほど、そこからか。そうだね、シアの言う通りだ。俺たちは決定的なことを何も話さないまま、別れてしまったんだったね」

何度もうなずき、気を鎮めるようにお茶を飲む。シアもカップに口を付けた。ほのかに柑橘系《かんきつけい》の香りが漂う、爽《さわ》やかなお茶だった。

「美味しい。この味、好きだ」

「よかった。シアが好きそうだと思って、用意したんだ」

ヴィスランが嬉しそうに微笑む。五年前はいつだって一緒にいて、お互いの好みも良く知っていた。覚えていてくれたのだ。

「何から話そうか。もちろん、あの夜の相手がシアだってことは知っているよ。といっても、あの行為の最中には気づけなかった。ごめん」

「いや、こっちこそごめん」

さっきから、お互いに謝ってばかりいる。ヴィスランも気づいたのか、話を先に進めた。

「あの時、本能に抗えなかった。キャレ・カルムの発情に当てられたことがあったけど、あれよりもっと強烈に惹きつけられる匂いだった」

理性が焼ききれて、得体の知れない、暗闇で姿も見えないオメガを抱いてしまった。申し訳なさそうにヴィスランは言うが、それはシアも同じだ。

「夜明けになって少し正気が戻ってきて、部屋から逃げ出した。その時はまだまともに考えられなかった。ただ、とんでもないことをしたと思った」

浴場に行くことも考え付かず、とにかく痕跡を消さなければと水浴びした。その後は行く当てもなく、手の甲に怪我をしていることに気づき、医務室へ行った。

「君が迎えに来てくれて、罪悪感でいっぱいになった。シアと二人の部屋で、他人を抱いたんだ。君はどう思うだろう。軽蔑されて、嫌われたかもしれない。君を傷つけたかもしれない。そう考えたら頭がぐちゃぐちゃになった」

あることに気づいたのは、シアを追い返したその時だ。

「部屋があんな状態だったのに、シアは着替えを持ってきてくれて、なのに顔も見られなくて、申し訳なかった。君が立ち去る時、そっとカーテンを開けて君の後ろ姿を見送ったんだ。その時、ほんの一瞬だけオメガの香りを嗅いだ気がした」

シアが立ち去った後の、ほんの一瞬。今朝まで自分の腕の中にいた、見知らぬオメガの匂いが鼻先に香った。気のせいかもしれないと思うくらい、わずかな間だ。

そして気づいたのだ。思い出したというべきだろうか。

それより前、キャレ・カルムの発情に当てられて休んでいた時、シアの身体からオメガの甘い香りを嗅いだことがあった。

気のせいだと思っていた。発情が引き起こした幻臭だと片付けて、あの時は忘れていた。

自分が抱いた、抱いてしまったオメガの発情の匂いは、あの時にシアから香った匂いとまったく同じだったのだ。

「まさかと思ったよ。君は人族だ。オメガになることはあり得ない。俺の願望による思い込みという可能性の方が高い」

願望、という言葉に、シアはどきりとした。しかしすぐ、湧き上がった期待を打ち消す。それこそ願望だ。

「相手が誰にせよ、正体を突き止める必要があった。お互いに発情したアルファとオメガが交わったんだ。過程はどうあれ、子供ができたなら俺にも義務がある」

ヴィスランは体調が回復するとすぐ、オメガの学生たちの家を訪ねて回った。これはシアも聞いていた通りだ。

一人一人、昨晩はどこにいたか、発情していなかったか問い詰めた。面識もろくにない相手もいて、かなり不躾だったが仕方がない。

オメガの学生たちは、誰一人として前の夜、外出した者はいなかった。みんな発情期ではなかったし、家族や本人の態度からして、嘘をついているようには見えない。

あれはやはり、シアだったのではないか。ヴィスランは次第にそう考えるようになった。

「抱いている時も思ったけど、声とか後ろからの抱き心地とか、身体の大きさとか細さなんかが、シアの感触にそっくりだったんだ。もちろん、発情で朦朧としている時だったし、俺の思い込みや願望だって可能性は捨てきれない。でもどこかで確信していた。俺が抱いたのはシアだって」

ヴィスランは何でもない口調でそんなことを言うが、シアはあの夜の感触が蘇《よみがえ》り、顔が熱くなった。

「シアは人族だと言っていて、獣の耳も尻尾もないけど、もしかしたら獣人の血が入っているのかもしれない。あるいは人族の中にも、バース性を持つ者がいる可能性もある。君に事実を確認してみようと思ったんだ」

ところが寮に戻ると、二つの異変が起こっていた。

一つ目はシアが大学で熱を出して倒れ、医務室に運ばれていたこと。

もう一つは、母国から電報が届いたことだ。次兄の死亡の知らせだった。すぐに帰ってきてほしいと、父の名前が記されていた。

父王の名で呼び戻されるのだ。よほど急いでいるのだと理解した。

「それでもあの時はただ、事故があったことと、次兄が死んだことしかわからなかった」

医務室に行くと、シアはまだ熱でぐったりしたりして、眠っていた。

「過労だって聞かされた。あんなことがあったのに、君はずっと気丈に振る舞ってた。そのせいだと思ったら、申し訳なくて切なくなって……込み入った話は、戻ってからにしようと思った。今はそっとしておこうとか、大事にしなくちゃとか、はき違えた感傷に浸ってた」

ヴィスランは当時の感情を思い出すように、自分の胸のあたりに拳《こぶし》を押し当て、切なげな表情を浮かべた。

「本当にすまない。あの時、最低限のことだけでも話しておけばよかったんだ。そうすれば少なくとも君は、不安を抱えたまま一人で国を出ることもなかったのに」

ただ葬儀に出るだけ。もし多少、滞在が長引いたとしても、電報を打てるし、手紙くらいは出せる。行ったきりカーヌスに戻れなくなるとは、ヴィスラン自身、思ってもいなかった。

ところがルフス国に戻り、葬儀を終えた途端、ヴィスランは王宮に軟禁状態になった。

「軟禁？」

「そう。次兄の死の容疑者としてね」

事故のあった直後から、不審な点がいくつもあった。ヴィスランが母国に戻った時にはすでに、人為的な事故だと判断されており、捜査が開始されていた。

ヴィスランを含む兄弟は皆、容疑者として自宅に隔離され、外部とは一切連絡が取れない状態になった。

「そんなの。ヴィスランが犯人のはずないじゃないか」

継承権争いから逃れるため、わざわざ留学までしたのだ。

「留学も、他人からすれば演技に見えたかもしれない。父も捜査を受けた。そういう意味では皆平等で、正しい捜査だったと思う。でもおかげで、どうにかして君と連絡を取ろうとしたけど、手紙や電報はもちろん、人に言付けを頼むこともできなかった」

ヴィスランの声音は淡々としていたが、最後の言葉を口にして、耳がしゅんと垂れた。

その後、犯人が第三王子を擁立する貴族たちの犯行だとわかり、第三王子は王位継承権を失った。

そして残った四番目の王子とヴィスラン、どちらを王太子にするか、という議論が王室内部で交わされることとなった。

議論の末、ヴィスランが押しきられる形で王位を継ぐこととなった。

第四王子は殺された第二王子の同母弟で、今まで第二王子を擁立していた派閥がそのまま、第四王子に付くことになる。そうなると宮廷に残った第三王子の派閥と対立する恐れがあった。

何の後ろ盾もない、母方の親戚の影響力も薄いヴィスランが、選ばれたのである。

次の王太子は決まったが、ヴィスランは自由にならなかった。

立太子の式典が終わって無事に正式な王太子となるまで、事は公にはせず、ヴィスランは今度は、保護という名で王宮に軟禁された。

ようやくわずかばかりの自由を得たのは、立太子の式典の後、国中にヴィスランが王太子になったことが知らされた後だった。

「それからすぐ、急いで大学寮のシア宛てに電報を打ったんだ。必ず帰るから、待っていてほしいって」

シアは息を呑んだ。そんな報《しら》せがあったなんて、聞いていない。

「――それは、いつ?」

「年が明けて少ししてから。でも舎監の先生から、君が退寮したっていう手紙が返ってきた。卒業を待たずに大学を出て、その後のことはわからないと」

ちょうど、キャレたちの家に居候していた頃だ。あの時、カルム家にいることは舎監にも伝えていなかった。必要ないと思っていたから。

「でも、それでかえって確信した。あの夜抱いたのはやっぱり君で、シアはオメガだったんだって。そうでなければ、あんな卒業目前の半端な時期に、君が何も言わず辞めるはずがない」

ヴィスランはシアが大学からいなくなったことを知り、慌てたという。

行方を探そうとしたが、王太子になって立場は一変しており、自分で探しに行くことはもちろん、プライベートな捜索を委《ゆだ》ねられるような、信頼できる部下もまだいなかった。

「カーヌスの大学に、王太子として何度も手紙を送った。シアの行方を知らないか、あるいは行方を知っている学生がいないか問い合わせたんだけど。はかばかしい返事を得られなかった」

大学側がどれほど協力してくれたのか、真実はわからないが、キャレ・カルムにまで情報が伝わることはなかったようだ。

「俺はあの時、自分が妊娠していると知って、ルフス国に渡る決意をしたんだ。でも身体のことを考えて、キャレ・カルムの家に厄介になってた」

ヴィスランはすでに知っていたようだ。シアの告白にも、驚いた様子はなかった。

「そうみたいだね。その後も、カーヌスに人を送って君の行方を探していたんだ。ただ、カルム家に辿り着いた時にはもう、君はルフスに渡っていた」

ヴィスランとしては、すぐさま人を送りたかったが、信頼できる人を見つけるまでに、少し時間がかかった。

シアは、次期ルフス国王の子を宿しているかもしれない。その事実はシアを保護するまで秘匿《ひとく》しておかなければならない。人選には慎重にならざるを得なかった。

そんな中、これはと思える部下を選び出し、カーヌスに送った。それがアトロだ。

アトロは単身、カーヌスに渡ってシアを探したが、獣人の外国人はなかなか信用されず、捜索が難航した。

ようやく、キャレに辿り着き、カルム家を尋ねたが、シアは出ていった後だった。

キャレとバートの兄弟は、シアがルフス国に渡ったところまでは知っていたが、その後のことは詳しく知らなかった。

「ルフスに着いてから、キャレたちに手紙を書いたけど、あの時はまだ、住む場所も仕事も決まってなかったから」

キャレたちへの手紙には、簡単な近況だけをしたためた。

ルフスに無事に到着したこと、でもヴィスランには会わない方がいいと判断したこと。けれどルフスで技術を学ぶのが憧れだったので、もうしばらくこの地にとどまろうと思う。そんな内容だった。

「ああ。そうみたいだね。アトロが訪ねたのは、手紙がカルム家に届いた後だった」

それでアトロはすぐさまルフスに帰国し、ヴィスランは王都を中心に探すことにした。

人族の外国人を探す他、シアはオメガだという前提で、王都の主たる病院にオメガの患者のリストを提出させ、オメガの抑制剤を発売している薬品会社を通し、病院や薬局に抑制剤の販売リストの報告を義務付けた。

人族のオメガなど、前代未聞だ。すぐに見つかると思っていた。しかし、いつになっても手掛かり一つ得られなかった。

「他の国に出た可能性も考えて、捜査の手を広げた。でも見つからなかった」

即位後、信頼できる部下を増やし、ヴィスランは懸命にシアの行方を追っていた。

「俺のために、そこまでしてくれていたなんて、知らなかった。ありがとう。ごめんね」

ヴィスランの中ではもう、自分は過去のことになっていると思っていた。

しかし彼は、カーヌスに戻れないとわかった日から、今日までずっと手を尽くしてシアを探してくれていたのだ。

「礼を言われることじゃないよ。逆にここまでして見つけられなかった。俺の力不足だ」

ヴィスランは悔しそうに唇を噛んだ。

「そんなことないよ。ヴィスの捜索に引っかからなかったのは、俺が普通のオメガと違っていたからだ。俺、あれからずっと発情期がないんだよ。だから、発情抑制剤も必要なかったし、ミランが生まれてからは、医者にかかる時はベータのふりをしてた」

ヴィスランは、シアを探す手段として、オメガの特性を生かした網を張っていた。

人族の外国人はルフス国に大勢いる上、耳を隠してしまえば獣人と見分けがつきにくい。それよりオメガを探した方が効率がいいと考えるのは、当然だろう。シアがヴィスランでもそうする。

「発情期がない？」

「うん。どうしてかはわからないけど。俺に発情期らしい症状があったのは、カーヌスにいた二回だけなんだ」

一度目は、ヴィスランがキャレの発情に誘発され、寮の部屋で寝ていた時。

「あれが初めての発情期だったんだと思う。バート……キャレのお兄さんで医者なんだけど、彼も言ってた。オメガの最初の発情は、アルファの発情の匂いに誘発されることがままあるって」

「じゃあ俺のせいで、君の中に眠っていたオメガ性が目覚めたんだな。そして数か月後、知らずに次の周期を迎えた」

それが発情期だと気づかないまま、アルファのヴィスランのいる部屋に戻った。

「ミランを身ごもっている間、発情期がなかったのはわかるけど。どうしてその後も発情期がないんだろうな」

ヴィスランが真剣な表情で考え込んでいる。シアは「わからない」と、答えた。

「こっちに来てエリヤと知り合って、エリヤ友人の医者に診てもらったけど、男性で妊娠してるってこと以外、オメガの特徴は見られなかった」

出産もその後の検診も、すべてその医者の病院で行った。エリヤが信頼し、秘密を守ってくれる人だった。実際、国王であるヴィスランの捜査網もかいくぐって今日までできた。

「エリヤ・ジョルトイ……」

ヴィスランはそこで軽く顔をしかめた。ちらりとシアを窺い見て、口を開きかける。すぐにつぐんでためらう仕草を見せた後、やがて意を決したように拳を握ってシアを正面から見据えた。

「シア。君がこの国に渡ったのは、俺に会おうとしてくれたからだよね? それがなぜ、一人で産むことを決めたのか、聞いてもいいかい」

そんな質問をされるとは思わなかった。聞くまでもなく、ヴィスランもわかっているのではないか。

「ルフス国に着いてすぐ、新聞であなたの婚約を知ったからだよ。あれを見て、俺は自分の軽率さを思い知った」

次期国王が決まり、ようやく王室に平和が訪れた。平穏を続けるためには、由緒ある家のオメガを娶《めと》るのが最善だろう。

「あの当時の記事を読んで……？」

ヴィスランは信じられないことを聞いた、という顔をしていた。

「あの記事は、違う。違うんだ、シア。確かにあの当時、周りが勝手に結婚をお膳立《ぜんだ》てしようとしたのは事実だ。王宮に残っていた旧派閥の貴族たちが、自分が影響力を持つオメガを俺の妃に据えようと躍起になっていた」

旧派閥の貴族らが当てにしていた、有力な王子たちはみんな、王室から去ってしまった。最後に残り王冠を手にしようとしているのは、誰にも注目されなかった末の王子だ。

みんながこぞってヴィスランにすり寄り、何とかこれまでの権力を保とうとしたという。

「後顧《こうこ》の憂《うれ》いを断つために、縁談は片っ端から断ったし、旧派閥の貴族たちも一連の騒動の責任を負ってもらった。もともと、結婚するつもりはなかったしね。だからあれからすぐ、婚約の話はデマだって、新聞にも後追い記事を書かせたんだ」

それはシアも読んだ。

「その後も小さな大衆紙では、憶測記事がいくつも出ていたみたいだけど。婚約者がいるなんて話は、出まかせだよ。誓って、俺に婚約者はいない」

きっぱりと言われ、安堵したが、またすぐ別の不安を思い出した。

「でも、せっかくヴィスが国王になって落ち着いたのに、俺が現れたらまた、大変なことになる」

「だから身を引いたんだね。俺のために」

シアがうなずくと、向かいから伸びた手が、シアの手を包む。久しぶりのその感触に、びくっと震えてしまった。

「俺の前に姿を見せなかった理由は、エリヤ・ジョルトイと出会ったからじゃないんだね」

「エリヤ？　どうして彼が？　エリヤは俺が困ってるのを見て、助けてくれたんだけど」

なぜここでエリヤの名前が出るのか、よくわからなかった。

「エリヤは事情を知って、協力してくれたんだ。生まれた子は獅子族で、どうしようか悩んでいた時、マーゴを紹介してくれたのもエリヤだよ。オメガが苦手なのに、俺が王都に行く時は自分の家に泊めてくれる。キャレやバート、マーゴにもお世話になったけど、エリヤには本当に頭が上がらないんだ」

エリヤがいなかったら、そもそもミランが無事に生まれたかどうかわからない。今ミランと二人で何不自由なく暮らしているのだって、エリヤのおかげだ。

勢い込んで話すうちに、向かいのヴィスランの表情が次第に困ったようになった。眉が下がり、耳はへにょっと水平に寝てしまう。

「シア……。そう、シアにとって、エリヤ・ジョルトイは大切な友人なんだね」

やがて、小さな子供に確認するように、優しく丁寧な口調で尋ねてきた。

「友人で恩人だよ」

「恋人というわけではない？　エリヤに口説かれてるとか」

「ええっ？　まさか！」

シアにとっては思いもよらない発想だったので、つい叫んでしまった。

それからようやく、ヴィスランがエリヤに対して厳しい理由に気づく。

「もしかして、ヴィス。俺とエリヤの仲を疑ってたの？」

正面切って尋ねると、ヴィスランは一瞬固まり、それからふいと気まずそうに目を逸らした。

「だって、彼はアルファだろう。お金持ちで二枚目だし。百貨店で会った時も、なんだかそれらしいことを言っていたし」

言い訳するように、ごにょごにょとつぶやく。

その様子を見て、シアはそわそわした。まさか、嫉妬していたとか。いや、まさか。

「あれは、俺が困ってたから演技をしたんだよ。ミランも近くにいたし、早く立ち去らなくちゃと思って」

「本当の本当に？」

やけに食い下がってくる。シアが「本当だよ」と答えると、ヴィスランは心底ホッとした様子で息を吐いた。

「良かったあ」

それから立ち上がって、シアに近づく。

「シア、抱きしめてもいい？　……その、昔みたいにさ」

昔みたいに。そう言われれば、断る理由もない。

「いいけど」

座ったまま腕を広げると、途端に強く抱きしめられた。ぎゅうぎゅうと、ありったけの力がこもっていて苦しいくらいだった。

「シア……シア！　会いたかった」

絞り出すような声を聞いて、シアも涙がこぼれた。

「うん。俺も」

もう会うことはないと思っていた。でもこうして再会して、ヴィスランがずっとシアを探していたことも知った。

「探したんだ。ずっと。君に会いたかった。君と、俺たちの子供に」

「うん……ありがとう」

「シア。愛してる」

続けて告げられた言葉には、びっくりした。もぞもぞと大きな腕から這い出して顔を上げると、ヴィスランが目を潤ませ、嬉しそうに微笑んでこちらを見下ろしていた。

「カーヌスでは、告白できないままだった。はっきり言わなくても、お互い薄っすらわかってると思ってたんだ」

お互い。確かにシアは、ヴィスランが好きだった。自分の恋情を理解していた。

でもそれは、片想いだと思っていたのに。

「ヴィスランも……?」

呆然としたが、シアのその驚きはヴィスランにとって、想定通りだったようだ。にっこりと微笑み、シアの頬を愛おしそうに撫でた。

「シアは恋愛方面には疎そうだったし、当時はまだ、はっきり口にしない方がいいと思ってた。恋人になりたいって言ったら、どうしても性的な話題は避けて通れないだろう。カーヌスは同性同士の恋愛に消極的だし、君を戸惑わせると思って。ゆっくり進もうと思ってたんだ」

だから言わなかった、と言うのだ。

「俺は、友情だと思ってた。俺の片想いだと思って……言ってくれたらよかったのに」

そうしたら、ヴィスランにさせたくないことをさせてしまったと、悩まなくてすんだのに。つい恨み言になってしまった。ヴィスランは「ごめん」と、申し訳なさそうな顔になった。

「俺も君と離れ離れになって、後悔した。ちゃんと気持ちを伝え合って、想いを通じ合わせておけばよかった。あんな中途半端な状態で、わけがわからないまま離れ離れになって。君はどれだけ心細い思いをしただろう。苦労をかけた。本当にごめん。……謝っても謝り足りない」

「謝らないで。それはもう、いいんだ」

人の縁に恵まれ、助けられてきたから、さほど苦労したとは思っていない。

「愛してる、シア。好きだよ。ずっと前から好きだった。君がオメガだったのは奇跡だ。あの時、君が相手でよかった。初めて君を抱くのに、真っ暗で顔が見えなかったのは残念だけど」

最後のセリフを冗談めかして言うから、シアは赤くなってヴィスランの身体を叩いた。

いきなり告白されて、すごく照れ臭い。それに心もとない気分だ。

しかしヴィスランは、とても嬉しそうで浮かれているようにも見えた。

「愛してる、シア。結婚してほしい」

「えっ」

結婚の二文字は、愛しているという告白より唐突に感じられた。

シアは戸惑っていたが、ヴィスランはそれに気づいているのかいないのか、とにかくほっこり幸せそうに微笑むばかりだった。

「父のように側室は取らない。俺にはシアだけなんだ。どうか結婚してほしい。君とミランと三人で、この屋敷で暮らそう。この屋敷の離れに、君の研究室も造ってあるんだ。君には思う存分、大学での研究を続けてほしい」

ヴィスランの表情は、とてもいい案だろう？　と言いたげだった。

確かに、いい案かもしれない。ありがたい申し出だ。ヴィスランと再会できて、想いを通じ合わせることもできた。もう逃げ隠れする必要はない。何不自由ないどころか、贅沢な王宮の屋敷で研究三昧《ざんまい》な生活。

嬉しいはずなのに、シアはすぐにうなずくことができなかった。


「シア。ねえ、シアってば」

ミランの声に、実験に没頭していたシアは慌てて振り返った。背後では緑のクマを抱きしめたミランが、怒ったように頬を膨らませていた。

「ずっと呼んでたのに」

「ごめん。何？」

「お池で遊びたい」

むっつりした顔のまま、南側の窓を指さす。大きなガラス窓の向こうには木々が生い茂り、その奥に水辺が覗いていた。

王宮にある溜め池だ。王宮にはいくつも池があるそうだが、この人工池はひと際大きく、代々の王族たちはここで船遊びを楽しんだらしい。

シアたちが暮らす屋敷は、ヴィスランが生まれ育った場所であり、もともとは何代か前の王が退位した後、余生を過ごすために建てられたそうだ。

ヴィスランはこの屋敷で、母親が亡くなるまで暮らし、その後は王宮を出て王都の山の手にある小さな邸宅で生活していたという。

この屋敷の他にいくつも、王宮の敷地内には贅沢な屋敷が建っており、前王や妃と子供たちがそれぞれ暮らしていた。

しかし今、この王宮に住む王族はヴィスラン一人だけだ。

前王は退位後、地方の療養地に移り、今もそこで暮らしている。療養が功を奏し、在位中よりも体調は安定しているそうだ。

正妃と側室は実家に戻り、第三王子は臣籍に下ると同時に領地に引っ込んだ。以来、王都には一度も戻っていない。第四王子も所属の寺院で暮らしている。

ヴィスランはカーヌスからこの国に戻ってすぐ、この屋敷に軟禁された。王太子になった後に大きな改装を行い、以来、ここに住んでいる。

シアが今いる研究室も、改装と同時期に建てられたそうだ。

屋敷の離れに堅牢な一棟の平屋が建ち、中には高価な設備が整えられている。シアが王宮に着いてすぐ、さらに最新鋭の機械が入れられて、はっきりいってカーヌスの大学より設備がいい。

おかげでシアは、思う存分研究ができる。個人の工房でできることを模索していた日々を考えれば、非常に恵まれた環境なのだが。

シアは小さくため息をついた。

「一人ではだめだよ」

言うと、ミランは小さな身体を左右に振って、「えーっ」と不満を表した。後ろで尻尾がぶん、と振れる。尻尾を隠さなくてよくなったので、それもこの暮らしのいいところなのだが。

シアとミランが王宮で暮らすようになって、ひと月ほど経った。

二人の身分はまだ、「王の客人」だ。

王宮に連れて来られ、ヴィスランと二人で話し合ったあの夜、結婚を申し込まれてたものの、シアはすぐに答えることができなかった。

ヴィスランはずっとシアを探してくれていた。五年間も捜索を続け、その傍らでこうして、研究室まで備えた住まいを整えておいていたのだ。

学生時代から好きだったと言われ、嬉しくないはずがなかった。

なのにシアは、ヴィスランとの結婚を受け入れることができずにいたのだ。

答えられずにいるシアに、ヴィスランはその日はそれ以上、無理に迫ることはしなかった。ただ、考えておいてほしいと言っていた。

「王配になっても、シアとミランができる限り自由でいられるよう、力を尽くす。この五年でルフス王室も変わったんだ。より国民に近く、開かれた王室になるよう、今も努力している。ルフス国も変わった。獣人はもちろん、人族の移住者も増えた。人族の王配が誕生したら、国民も祝福してくれると思う」

シアが王室に入ることの不安を、ヴィスランも理解しているのだろう。力を込めて国内や王室の変化を説いた。

そうした変化も、ヴィスランの努力によるものだ。それも、シアを迎え入れるためだったのかもしれない。

　ヴィスランはもともと優秀な上、こうと決めたら素早く大胆に行動する。学生時代も、シアと事業を始めると決めた後、迅速に起業の準備を進めたのだ。外国人のしかも獣人という負荷を、彼は物ともしなかった。

　彼ならば、シアとミランを守ってくれるだろう。そのことは疑っていない。

　ではなぜか、と問われて、一言で答えるのは難しい。

　シアは孤児院育ちの平民だ。外国人で異人種で、さらには自身でもよくわからない、人族のオメガという特殊な立場にある。

　ヴィスランが言う通り、ルフスの国民が受け入れてくれるかどうか。

　そしてシア自身、王の伴侶として公務など行える自信はない。人嫌いなのに、上流階級の人々と社交を行う必要があるとしたら、考えただけで恐ろしい。

　でももしヴィスランの伴侶となるなら、努力しなくてはならない。彼の足枷《あしかせ》になりたくない。

　ヴィスランと離れたくないし、彼からミランを奪いたくない。でも不安だ。

　そしてもう一つの不安は、シアはヴィスランの告白を素直に信じきれずにいることだった。

　学生時代から好きだったと言われた。友情は確かにシアも感じていた。二人は親友だった。

　でも本当に、ヴィスランは以前からシアに恋していたのだろうか。

　ヴィスランは責任感の強い人だ。あの夜、抱いたのがシアではなく見知らぬオメガであっても、責任を取ろうとしただろう。実際、シアだと気づかない最初のうちには、そうしようとしていた。

　シアのことも、ただの友情ではなかったか。

けれど、突然の発情で身体を重ねてしまった。ミランという子供まで生まれた。

ヴィスランはシアに、苦労をかけたと思っていて、その負い目がある。

恋情ではなく友情と負い目から、結婚を申し込んだのではないか。

シアはそんなふうに考えて、あの夜から悶々《もんもん》と悩んでいた。

でも考えても答えは出ないから、気を紛らわせるために研究室にこもって研究を続けている。

機材が充実していることもあって、研究は進んでいる。村の工房で仕事をしていた間、思うような実験ができず、頭の中でずっと試行錯誤を繰り返していたのも、役に立った。

ご飯は上《あ》げ膳《ぜん》据《す》え膳《ぜん》、掃除も洗濯も使用人がやってくれるし、その使用人たちも侍女や侍従も、王宮の人たちはみんな親切だ。恐ろしいほど快適な毎日だった。

「ミラン、侍女の人たちは？　彼女たちがいいって言ったら、池で遊んでもいいよ」

「お池はまたこんどだって。お部屋であそびましょうっていうの。ぼく、お外であそびたい」

侍女には反対されたらしい。それでも諦めず、シアのところに来た。

これから重要な実験をしようと思っていたのだが、仕方がない。シアは腰を上げた。

「わかった。外で遊ぼう」

「やった」

シアが腰を上げたので、ミランは笑顔になった。

「でも池はやめよう。水遊びしたら、服がびしょびしょになる」

「服を脱げばいいよ。村ではそうしたよ」

ミランはどうしても、池で遊びたいらしい。でもだめ、とシアは首を横に振った。

「村の池は、うんと浅いやつだろ。ここの池は深いんだって。俺は泳げないもん。ミランが万が一溺《おぼ》れたら助けられない」

「ぼく、おぼれたことないよ」

なかなか食い下がってくる。

「気をつけていても溺れることがあるから、水辺は危険なんだ。ヴィスがボートを手配してくれてる。もう少ししたら届くから、そうしたら一緒に乗ろう。ミラン、ボート漕《こ》いだことないだろ」

頭ごなしな口調にならないよう、注意してたしなめて、ようやく納得してもらった。

ミランは以前より、一つの行動に固執することが多くなった。だめだよと言っても、なかなか聞き分けない時がある。

ミランもまた、環境の変化に戸惑っている。無理もない。今までは田舎の村で、年の近い子供たちとバタバタ遊んでいたのだ。

シアが研究室にこもる間、ミランのことは侍女たちが見てくれるようになった。

しかし一緒に遊ぶといっても、部屋の中で本を読んだり、屋敷の決まった場所でかくれんぼをするだけだったりする。部屋遊びばかりで、ミランにはいささか物足りないようだ。

ミランも自分も、いつかこの環境に慣れるだろうか。

「何して遊ぶ？」

「えっとね、おままごと」

それなら室内でもいいんじゃないかと思うが、ミランはさっさと研究室を出ていく。

「ぼくがおとうさん。クマがおかあさんで、シアはこどもね」

「え、俺が子供なの？」

しかも、物言わぬクマが母役である。

「おままごとだもん。シアは赤ちゃんね」

「難しいな」

「赤ちゃんはしゃべらないの。赤ちゃんのベッドはここ。こっちにねて」

研究室の前の芝生の広場まで行き、ベッドだという地べたに寝かされた。

「ただいまー。赤ちゃんはいい子にしてたかい。母さん、今日の夕はんはなにかな」

父親が、仕事から帰ったところらしい。ミランと無機物のクマとで、話が勝手に進んでいく。

それにしても、シアと二人で育ったわりに、ミランは父親と母親らしい会話をよく摑んでいた。村の子たちと、こういうおままごとをしていたのだろう。

シアが教えなくても、ミランはいつの間にか様々なことを学んでいく。

「ミラン。ミランは村に帰りたい？」

ふと気になって、シアは役を忘れて話しかけた。

「もー、赤ちゃんはしゃべっちゃだめでしょ」

「ごめん。でも、気になって。いきなりここに連れてきちゃったからさ」

「おばあちゃんたちに会いたいな。でもべつに、帰らなくてもいいよ。シアといっしょがいい」

少し考えて、ミランは答えた。帰らなくていい。帰りたくないとは言わなかった。

帰れなくても、シアと一緒の方がいい。それは、シアと離れ離れになるかもしれないという不安の裏返しかもしれない。

「ミラン、ありがとう。もちろん、ずっと一緒だ。いっぱい無理させてごめん。大好き。愛してるよ」

切なくなって、シアはミランを抱き寄せた。芝生の上で、ミランを抱きしめたままゴロゴロする。

ミランは「シアは赤ちゃんなのに！」と、文句を言っていたが、シアが髪をぐしゃぐしゃ撫でると、くすぐったそうに笑った。

「やあ。楽しそうだね」

突然声がして、シアとミランはびっくりして笑いを止めた。

声のする方を見ると、屋敷とは反対の森の小道から、ヴィスランがアトロを伴って歩いてくるところだった。

「ヴィス」

ヴィスランの顔を見るのは、一日ぶりだった。

彼は多忙だ。日常の公務に加え、市井の催しにも参加している。シアたちが偶然再会したのも、ヴィスランが百貨店に視察に来たからで、国民に近い王室を実践すべく、国民の前に姿を現す機会を増やしているそうだ。

そんな中でも、ヴィスランはシアたちと過ごす時間を大切にしてくれていて、仕事の合間を縫っては短い時間でも会いに来てくれた。

「ヴィス、お帰りなさい」

「おかえりなさい」

シアとミランが口々に言うと、ヴィスランは嬉しそうに微笑んだ。

「ミラン、ただいまの抱っことキスをしてもいいかい」

身をかがめると、ミランも「いいよ」とシアから離れ、ヴィスランに近づく。

ヴィスランは事あるごとにこうして、ミランと触れ合いたがる。ミランも嫌がらず、毎回素直に応じた。

何しろクマをいっぺんに六体もくれた人だし、同じ獅子族であるヴィスランに、何か気づくところがあるのだろう。

王宮で暮らすようになってから一度、ミランが、

「ヴィスとぼくって、似てるね」

と口にしたことがあって、シアはどきりとした。

「そっくりだよ。耳の形とか、笑った顔なんかも」

そっと答えてみた。ミランは「ふうん」と鼻を鳴らしたきり、何も言わなかった。

ミランにも、本当のことを話さなくてはならない。どこまで理解してくれるか。

そして、シアはいつ、どういうふうに息子に話すべきだろう。ヴィスランの結婚に応じられずにいる今、息子に向ける言葉を考えあぐねていた。

「ヴィス、おしごとおわったの？」

頬ずりされてちょっとうっとおしそうにしながら、ミランが尋ねる。

「残念ながら、また戻らなきゃならないんだ。でも今日は二人に、お客を連れてきたんだよ」

ヴィスランが言い、アトロと二人で元来た道を振り返った。シアとミランもそちらに視線を向ける。

小道の木の陰に、誰かがいるのは気づいていた。

長身の男性らしき人物が、コソコソと身を隠している。ヴィスランたちと一緒に来たので、怪しい

けれど身元は確かなはずだ。

医者だろうか。ここにきて、何度か複数の医者に診てもらったことがある。しかし、シアの予想は外れていた。木陰からひょっこり顔を覗かせたのは、思いもよらない人物だった。

「エリヤ！」

久しぶりに見る友人の姿に、シアは思わず叫んだ。ミランも「あっ」と叫んで、ヴィスランの腕からにじり下りる。かと思うと、一目散にエリヤの元へ走っていった。

「エリヤだ。エリヤー！」

小さな身体で体当たりするように、ミランはエリヤの腕の中に飛び込んだ。エリヤもそれをしっかり抱き留める。

「ミラン。元気にしてた？」

「うん」

ミランはぐりぐりとエリヤにつむじを押し付ける。端から見ていると、エリヤとミランの方が親子みたいだ。

シアはそっと、ヴィスランの表情を窺った。彼は微笑んでいたが、心なしか寂しそうだった。耳が垂れかけている。

「シアとミランが会いたがってるんじゃないかと思って、招いたんだ」

ヴィスランが言った。シアたちのために呼んでくれたのだ。エリヤに嫉妬していたのに。

「ありがとう、ヴィス」

その心遣いに感謝した。そしてこちらに向かって手を振る友人にホッとして、久しぶりにちゃんと息がつけた気がしたのだった。


「まあぁ、すごい設備じゃない」

研究室に入るなり、エリヤが言った。シアは苦笑しつつ、奥でお湯を沸かす。

ミランはひとしきりエリヤとじゃれ合った後、ヴィスランに連れられていった。

友人同士、積もる話もあるだろうと、二人きりにしてくれたのである。ミランはエリヤといたがったが、今夜はこの屋敷に泊まると聞いて、渋々ヴィスランについて行った。

「来てくれてありがとう」

エリヤとマーゴには、王宮に着いてすぐ、手紙を出したきりになっていた。

マーゴには近況を綴《つづ》り、エリヤにはヴィスランが何年もシアを探していたことや、結婚を申し込まれたことも書いた。

いずれ返事をくれるだろうと思っていたが、会いに来てくれるとは思わなかった。

「会いたかった、エリヤ」

「私もよ。二人とも元気そうでよかった」

二人で軽く抱き合い、エリヤはすぐ何かに気づいたように、そそくさと身体を離した。

「やめときましょ。こんなに仲良くしてるところを陛下に見られたら、拷問されちゃうわ」

「エリヤとはただの友達だって、ヴィスも知ってるよ」

シアは笑って、お茶を淹れに戻る。ヴィスランも以前は仲を疑っていたが、今はもう誤解は解けた。エリヤに対して思うところはないはずだ。

「頭ではわかってるだろうけど。どうかしらね。すごく嫉妬深そうだもの」

シアが休憩用に使っている丸テーブルの席を勧め、エリヤはそれに座りながら言った。

ヴィスランと、嫉妬深いという言葉がしっくりこなくて、シアは曖昧に肩をすくめる。

「ああいう、誰に対してもニコニコしてる男は怖いのよぉ。私にも丁寧な手紙をくれたけどね。シアとミランが会いたがってるから、来ていただけないかって。運転手つきの自動車で迎えに来てくれたし。でもねえ。さっきも出迎えてくれたんだけど、にこにこしてるくせに、目の奥は笑ってないのよ。『うちのシアとミランがお世話になって』とか、いちいち釘《くぎ》を刺してくるし」

怖いわあ、と大袈裟に身震いする。シアは気のせいじゃないかな、と思ったが口にしなかった。

二人分のお茶を淹れ、エリヤの向かいに座った。王宮の一角で、エリヤとこうしてお茶を飲むのは、何だか不思議な気分だった。

「今の生活には、慣れた？」

今までと変わらない態度で尋ねてくるエリヤに、シアは言葉に詰まり、それから左右に頭を振った。

「まだ。戸惑ってる。カーヌスでの生活とも、村での生活とも違っていて」

「そりゃあそうよね。私がシアでも、今日から王宮で暮らせ、なんて言われたら戸惑うもの」

友人が同意してくれたので、ホッとした。何不自由ない暮らしをしておきながら、不満に思うなんて、自分でも贅沢で我がままではないかと考えていたからだ。

「陛下は宝物みたいに大事にしてくれてるようだけど、他の人たちは？　平民のくせに、とか言って、いじめられてない？」

「ううん、それはない。みんなすごく親切にしてくれるよ」

侍従長はシアが王宮に着いた当日から、上流階級の作法に詳しくないのに気づいて、食事は堅苦しくないものに変えてくれた。身の回りのことも、平民出身の侍従や侍女が交じって戸惑わないよう気づかってくれる。

「それが申し訳なくて」

侍従や侍女というのは本来、身分の高い人たちが多いのだそうだ。

ヴィスランの時代になって、平民出身の宮内府の職員からも侍従や侍女を募るようになったが、以前は貴族で固められていたという。

平民出身の侍従らも、宮内府の職員であるから、優秀な人たちのはずだ。

シアみたいな平々凡々とした一般人に、彼らをかしずかせるのが申し訳ない。

「彼らに申し訳ないから、結婚を渋ってるの？」

エリヤの問いかけは、母親みたいに物柔らかだった。アルファの男性、雄の中の雄に向かって、母親なんておかしいかもしれないが。

けれどそうして、友人が優しく水を向けてくれたから、シアは胸の内にしまっていた思いを吐き出すことができた。

「俺は人族で、外国人で、オメガで。でもオメガなのに発情期がない。ヴィスが望んでも、もう二度と子供はできないかもしれない」

王宮に来て、シアとミランはヴィスランの立ち合いのもと、複数の医者による診察を受けた。

ミランの健康診断と、シアの特異なバース性を調べるためだ。

しかし、何人もの優秀な医者からしても、シアが人族だがオメガらしいという以外、判断がつかないようだった。

生きている人の身体の中を見るすべはないので、外側から判断するしかない。

ある医者は、「半陰陽に近いのかもしれません」と、言っていた。両性具有とか言われるが、こちらも詳しくわかっていない。

ただ、複数の性を持っていること、それぞれの性の特徴が曖昧なことが、半陰陽と似ているというのだ。

オメガとしての性が曖昧で、だから発情期も来たり来なかったりするのではないか。だとするならば、ミランを授かったのは奇跡かもしれない。

奇跡は何度も起こらない。もう一人子供が欲しいと言われても、できるかどうかわからない。

なのにヴィスランは、シア以外の配偶者を娶らないつもりでいる。それで果たして、国民や周囲は納得してくれるだろうか。

「それから、ヴィスランが本当に俺のことが好きなのか、不安」

シアに告白したけれど、責任感がそうさせているのではないか。

「はたから見たら、そこは疑うところがなさそうだけど」

「エリヤの言葉を疑うわけじゃないけど、俺にはわからないよ。それに、ヴィスは責任感が強いから」

ヴィスからは、エリヤが言うほどの執着や嫉妬は感じられない。

「シアには見せないところがまた、怖いのよね。いえ、でもそう、あなたがそこまで不安に思ってるなら、それをきちんと陛下に打ち明けたら？　それとも、陛下と結婚なんて絶対に御免、って思う？」

シアはかぶりを振った。今も変わらずヴィスランが好きだ。ミランと同じくらい愛している。

「なら、なおさら話し合ったほうがいいわ。シアが溜め込んでるその不安をぜんぶ陛下に打ち明けて、二人でどうしていくか考えないと。二人とも、お互いのことを考えているのはわかるけど、一方的に相手を思うだけでは、すれ違ったり解決しないこともあるでしょう」

「うん……」

確かにその通りだった。ヴィスランが示してくれた態度が好意なのか愛情なのか、頭の中で考えても、決して答えは出ないのだ。

シアが感じている負い目や不安だって、口にしなくては伝わらないだろう。

「ありがとう、エリヤ。ヴィスと話し合ってみる。それでも、もしうまくいかなかったら……また仕事でお世話になってもいい？」

そろりと尋ねると、エリヤは目を見開いてから、困ったような笑顔になった。

「馬鹿ねえ、この子は。そんなことになったら、何だって力になるわ。結婚してもしなくても、あなたは私の友達よ。遠慮なんかしないで頼りなさい」

きっぱりとした言葉は、シアの心を軽くした。エリヤは立ち上がって、家族のように優しくシアを抱擁した。

「あなたは何でも一人でやろうとする。マーゴがそう言ってた。もっと人に甘えなさい」

「今でもじゅうぶん、甘えてると思うけど」

マーゴにだって、たくさん世話をかけたのに。シアが言うと、エリヤは「もっとよ」と返す。それから、シアの頬を指先でツンと突いた。シアがミランによくやるやつだ。

「遠慮されるほうが寂しいんだから」

とにかく二人で話し合うこと。エリヤは最後にもう一度、釘を刺した。


エリヤと会って思いを打ち明けたことで、気持ちが少しすっきりした。慣れない王宮の暮らしに戸惑うばかりの毎日だったが、前向きに進もうという気持ちになった。

その日、エリヤは王宮に泊まり、ヴィスランやシアたちと夕食を共にした。

エリヤは紳士らしく振る舞い、シアに対するような踏み込んだ話をしなかった。ヴィスランも同様で、ルフスの商工業などを語り合う二人に、大人な会話だなとシアは感心したものだ。

ミランも久しぶりにエリヤに会えて、嬉しかったようで、ずっと大はしゃぎだった。その夜はエリヤと一緒に寝ると言って聞かず、二人で客間で眠った。

翌日、また来るからと別れを告げるエリヤに、しばらく抱き付いて離れなかった。

そんな息子の姿を見て、ヴィスランはやっぱり少し寂しそうに見えた。

それでも彼は、シアやミランに対して嫉妬めいたことは言わない。

「二人とも、元気になってよかった」

エリヤと会って、二人が精神的な安定を得たことを喜んでいた。

ヴィスランも、シアとミランが今の生活に戸惑っていることに気づいている。それでわざわざエリヤを呼んでくれた。

日常でも、シアとミランのことを一番に考えてくれている。

毎日、同じ時間に帰ってきてシアたちと夕食を食べるのは、家族団欒《だんらん》の時間を持つためだ。そのせいでヴィスランが余計に多忙になっているのを、シアは知っている。

ヴィスランも、シアたちに気を遣って無理をしている。

(エリヤの言う通りだ。もっと話し合わなきゃ)

シアは決意した。臆《おく》してばかりで、漫然と日々を過ごしていても、何も解決しない。

決意をしたものの、やっぱり忙しいヴィスランに予定を作ってくれと言うのがためらわれた。

勇気を出して口にしたのは、エリヤと話して一週間も過ぎた頃だ。

「ヴィス。お願いがあるんだ。忙しいのに申し訳ないんだけど」

朝早くから執務に出かけるヴィスランに、シアはおずおずと話しかけた。

途端、ヴィスランの耳がぴょこっと立つ。嬉しそうに黄金色の瞳が輝いた。

「シアからお願いなんて、珍しいな。何だい」

お願いをして喜ばれるとは思わなかった。つまらない願い事で、いろいろ申し訳ない気持ちになりながら、シアは口を開く。

「いつでもいいんだけど、どこかで時間を取れないかな。二人で話し合いたいことがあるんだ。これからのこととか」

ヴィスランの顔から、すうっと表情が消えた。まるで悪い報せを聞いたかのようだ。

「……これからの、こと」

「う、うん。もっと二人で話し合った方がいいって、エリヤに言われて。俺もその通りだと思ってて」

ここでエリヤの名前を出したのは、まずかったかもしれない。ピンと立っていた耳が、みるみる後ろに倒れた。

「……わかった。できるだけ早く、時間を作るよ」

最後の声はしょんぼりしていた。玄関前まで見送ったが、ズボンから出たヴィスランの尻尾は、だらんと垂れたまま動かない。

護衛と共に朝のお迎えに来たアトロも、体調が悪いんですかと心配していた。

(朝の忙しい時に、悪いことしちゃったかな)

村に帰りたいとか、そういう話だと誤解されたのかもしれない。

自分の言葉が足りなかったことを後悔した。悲しそうな背中をすぐさま追いかけようかとも考えたが、何を言えばいいのかわからない。

もどかしい思いを抱えたまま、シアはヴィスランが見えなくなるまで見送った。

その日の昼、侍女たちの提案で、シアとミランは池でボート遊びをすることになった。

先日、ヴィスランが手配していたボートがようやく池に納品されたのである。点検も済んで、乗ってみませんかと言われた。

「乗る！　シア、乗ろう！」

それを聞いた途端、ミランが身を乗り出した。

「ううーん。そうだね」

本音を言うと、シアはなるべく池で遊びたくない。泳げないから怖いし、ミランが溺れないかハラハラしてしまう。それに、昨日いいところまで進んだ実験の続きがしたかった。

「乗ろうよー、シアー」

つい気のない返事をすると、ミランはシアの周りでぴょんぴょん飛び跳ねた。ここまではしゃいでいるのに、嫌だなんて言ったら不貞腐れそうだ。

「わかったよ。せっかくヴィスが用意してくれたんだもんな」

シアが提案に乗ると、ミランは「やったー」となおも飛び跳ね、侍女たちもそんなミランを見て顔をほころばせた。

「天気がいいので、お昼は池のほとりで召し上がりませんか」

と、侍女が提案し、ミランはまたもや目を輝かせる。クマたちも連れていくと言うので、一匹だけにしてもらった。

侍女たちはすぐさま、使用人たちに言って池のほとりに敷き布を広げ軽食を用意させた。

「あっ、あれがボート？」

シアたちが池に赴くと、小型の手漕ぎ船が係留されていた。丸太を組んでできた乗り場はもともとあったものだが、いつの間にか新しくなっている。

ボートに乗るのはお昼の後、ということで、さっそくお昼ご飯を食べることになった。

「おそとで食べるの、おいしいね」

サンドイッチを頬張りながら、ミランが笑顔を向ける。そうだね、とシアも微笑んでうなずいた。

ボート遊びができるのが、本当に嬉しそうだ。息子のそんな姿を見て、この子にはいつまでも幸せでいてほしいと思った。

ミランにも、そしてヴィスランにも、幸せでいてほしい。

王子という立場に翻弄《ほんろう》され、苦労した人だ。だからこそ安らげる家庭を築いてほしいと思う。

そこまで考えて、シアはちくりと胸が痛むのに気がついた。

(俺、ヴィスが他の人と結婚するのは嫌なんだな)

ヴィスランの幸せを願っている。シアが彼に会わなかったのも、ヴィスランの妨げになりたくなかったからだ。今もその気持ちは変わらない。

まだ独身のヴィスランに、いつか妃が現れると覚悟していた。もうヴィスランと自分は二度と会うことはないのだと、諦めていたのだ。

でもこうして再会し、結婚まで申し込まれた。過去に葬った恋情と執着が息を吹き返していることに、気づいてしまった。

他の誰かが隣に立つことを覚悟していたはずなのに、諦めきれない感情がこみ上げる。

彼を支えるのは、自分でありたい。自信などどこにもない。王配などという立場には恐ろしさしかないけれど。

でも、自分以外の誰かにヴィスランの隣を明け渡したくない。

「シア、ごはんたべないの?」

いつの間にか、ぼんやりしていたらしい。気づくと、ミランが心配そうにのぞき込んでいた。

「おしごと、じゃましてごめんね」

ミランがそんなことを言うから、シアは手にしていたサンドイッチを置いて抱き付いた。

「邪魔なんかしてないよ。こっちこそ、ぼんやりしてごめん。ミランは優しいな。大好き」

「もー。ちゃんとたべて」

ぎゅうぎゅう抱きしめると、ミランもいつもの調子に戻った。侍女たちにも笑われてしまった。

シアは言われた通り、手早くサンドイッチを食べ終える。侍女が淹れてくれたお茶を飲むと、すっくと立ち上がった。

「よし、ボートに乗ろう！」

「乗ろー！」

ミランも飛び上がる。シアたちの昼食に付いてきた二人の侍女のうち、一人が後片付けやお茶の手配をする。

もう一人はボートに乗って漕ぎ手になろうとしたが、シアが大丈夫ですと断った。女性に船を漕がせるのは気が引けるし、綺麗なドレスの裾《すそ》が濡れそうだ。

「ミラン、ボートの上で飛び跳ねたらだめだよ。船がひっくり返るからね」

はしゃぐミランに言い含め、おっかなびっくりボートに乗る。初めての経験ではない。以前はシアも怖いとは思わなかったし、ボートに乗ってはしゃいでいた。

（あ、そうか。ヴィスがいたからか）

大学の夏休み、二人でボートに乗った。二度目の夏は他の学生も一緒だったが、ヴィスランはいつも一緒だった。

泳げないシアを笑ったりせず、俺がいるから大丈夫だよと言って、ボートに乗る時は手を貸してくれたのだ。ヴィスランがいるから、泳げない湖や池でも怖くなかった。

「ぼくもこぐ」

ミランは少しも怖がることなく、ぽんと身軽にボートに乗り込み、オールを持ちたがった。

「いいよ。じゃあ一緒に漕ごう」

クマを向かいに座らせて、シアとミランで並ぶ。シアが持つオールに手を添えさせて、二人で出発した。

「クマさん、見ててね。ぼく、いっぱいこぐから」

「右と左で合わせないと、前に進まないよ」

そんなことを言いながら、懸命に漕ぐ。軽いボートは非力なシアでもぐんぐん進んだ。でも、池の中ほどに着く頃には、すっかりくたびれていた。

「ちょっと休も」

「きゅーけーっ」

久しぶりに運動したので、腕が痛い。身体が火照ってぐったりした。でもミランは元気だ。

凪《な》いでいた風が急に強くなる。汗ばんだ肌に心地よかった。

オールを内側に傾けて流されないようにして、疲れた腕をぐんと伸ばす。

「懐かしいなあ。ヴィスとも昔、こうやってボートを漕いだんだ」

「ヴィスと？」

ミランは向かいに移動して、クマの手をいじっている。ミランも額に汗をかいていたので、ズボンからハンカチを取り出して拭いてやった。

「うん。俺たちが学生の時。そういえばこのボートも、大学の池にあったやつに似てる。こんなに綺麗じゃなかったけど。楽しかったな」

ミランは「ふーん」と不思議そうな顔で鼻を鳴らした。それから不意に口を開く。

「ねえ、シア。ヴィスはぼくのおとうさんなの？」

シアは言葉を失った。まじまじと息子を見る。ミランもじっと、シアを見上げていた。

どう答えるべきか、迷った。でも真っすぐな金色の瞳を見ると、もう誤魔化せないと思う。

もっとゆっくり、ヴィスランと時期を話し合ってから打ち明けるつもりだったのだが。

「うん。そうだよ。ヴィスランがミランのお父さんだ。俺はミランのお母さんなんだ」

「……シアがおかあさんで、ヴィスがおとうさん」

一つ一つ確かめるように、ミランは神妙な顔でつぶやく。

「誰かに聞いたの？」

問い詰めるのではなく、優しく尋ねると、ミランは首を左右に振った。

「自分で気づいたんだ」

「……何となく」

怒られると思っているのだろうか。ぎこちなくうなずく。シアが「すごいな」と目を見開いて見せると、ホッとした顔をした。

やっぱり、小さくてもいろいろ気づいているのだ。

「ぼくもライオンで、ヴィスとおそろいだから。獅子族って、王様の子だけなんでしょ」

「そうだね」

おいで、と腕を広げると、ミランが立ち上がって勢いよくシアの胸に飛び込んだ。オールを落としかけて慌てたが、どうにか取り戻し、ミランを抱きしめた。

「今まで黙っていて、ごめんね」

「どうしてはなれて暮らしてたの？」

シアの身体にしがみつくようにしながら、ミランが尋ねてくる。どう説明すればいいのだろう。

ポンポンとミランの背中を叩いてあやしながら、シアは考えた。

「うーん、話せば長くなるんだけど。いろいろなことがあってね。俺とヴィスは離れ離れになってしまったんだ。俺はもう二度と会えないと思って、ミランと二人で生きていくことにした。でもヴィスは、離れている間もずっと、俺たちのことを探していてくれたんだ。本当にいろいろ手を尽くしてね。それでようやく再会できたんだよ」

迷ったけれど、一番大事な経緯だけを話すことにした。

ヴィスランは離れている間も、シアとミランのことを考えてくれていた。それだけは息子に伝えておきたかった。

「急にミランのお父さんだよ、なんて言ってもびっくりすると思って。もう少し慣れてきたら、話そうと思ってたんだ。黙っててごめん」

「……いーよ」

ミランはくぐもった声で答えてから、ぴょこっと起きた。

「ぼく、おやはシアしかいないと思ってたの。でもおとうさんとおかあさん、二人いたんだね」

「うん。そうなんだ」

「ちょっと、とくした気分」

へへ、と笑うミランが愛おしかった。思わずぎゅっと抱きしめる。

「ミラン大好き」

「ぼくも、シア大すき」

ミランは言って、照れ臭かったのか、ぽすっとシアの胸に顔をうずめて隠した。

シアとミランはそうして長いこと、抱き合っていた。


風が強くなってきた。

「そろそろ戻ろうか」

ミランがぶるっと身震いしたので、シアは上着を脱いでかけてやる。シア自身は寒いとは感じなかった。むしろ熱いくらいだ。

往路で気が済んだのか、それとも疲れたのか、ミランも帰りは自分も漕ぐとは言わなかった。

向かいにクマと一緒に座り直す。

「よし、それじゃあ……」

声を出し、オールを持とうとした時だった。

一瞬、視界がぶれた。めまいだ、と気づいた直後、身体の奥で熱の塊が弾けた気がした。

「あ……」

手が震える。身体が熱く、中心が疼いた。この感覚には覚えがある。カーヌスの大学の実験室で始まった、あの症状。

（なんで、今……）

もう何年も、ミランが生まれてからも発情期などなかったのに。

ヴィスランと暮らし始めてからも、何もなかった。二か月も経った今、なぜ。

（ヴィスと再会して、周期が始まった？）

同じアルファのエリヤと会っていても、何も起こらなかった。いや、数は少ないが村にだってアルファがいたのだ。

（もしかして、ヴィスにだけ反応するのか？）

冷静になろうとして、そんなことをつらつらと考えたが、身体の熱は激しさを増すばかりだ。

早く一人になりたい。岸に戻らなくては。

「シア、どうしたの。くるしいの？」

ミランが異変に気づいた。すぐさま「大丈夫！」と、大声を出してしまった。今は誰かに触れられるのがつらい。

「大丈夫だよ。人に触れられるのがつらくてね。久しぶりに発作が出て、びっくりした」

無理に笑って見せたが、ミランは不安な顔のままだった。

「岸に戻ろうか」

「ぼく、こげるよ！」

震える手でオールを持とうとすると、ミランがすっくと立ちあがった。ボートが揺れる。

「シアはやすんでて」

「あ、待っ……」

苦しんでいるシアを助けなくてはと思ったのだろう。勢いよくシアの隣に移動する。片方のオールを手にした。

ボートが傾ぎ、縁にもたせかけていたクマが池に落ちる。

「あっ」

と、シアとミランは同時に叫んだ。

「クマさんっ」

「ミラン、落ち着いて。船の上で暴れちゃだめだ」

ボートが揺れている。オールの片方が落ちかけ、ミランがまた慌ててそれを拾おうと身を乗り出すので、シアは必死に抱き寄せた。

「待って。危ない」

「でも、オールが」

ちゃぷん、と音を立ててオールは水に落ちてしまった。ミランが青ざめる。

「ご……ごめん、なさい。ど、どうしよ……」

大変なことになったと、ミランは涙ぐんだ。シアは大丈夫だよ、とミランの頭を撫でた。

その間も、発情の波が絶え間なく押し寄せている。何でもない顔をするのがつらかった。服がすれるたびに声が上がりそうになり、そんな自分に激しい嫌悪を覚える。

「ミランは助けてくれようとしたんだろ。大丈夫。侍女たちが人を呼んで助けてくれるよ。もう少し待っていよう」

岸辺でシアとミランを見守っていた侍女たちも、オールとクマが流されたのを見ていたようだ。

「その場でお待ちください。今、人を呼んで参りますから」

侍女の一人が岸辺で声を上げ、もう一人が走っていくのを見て、ホッとした。

「でも、シア、くるしいでしょ」

よほどひどい顔をしているらしい。ミランはシアの顔を覗き込んだまま目を離さず、泣きべそをかいていた。

「大丈……」

大きな波が来て、言葉が途切れた。耐えきれず身を折ると、「シアっ」とミランの悲痛な声があがる。

「大丈夫。大したことじゃないから」

「ぼく、いってくる。およげるよ」

ミランがまた、すっくと立ちあがった。

「行ってくるって……こら、待ちなさい」

「だいじょうぶ」

「大丈夫じゃない。ミラン、頼むから」

息子を抱き留めようとしたが、身体が思うように動かなかった。ミランは風で流されていくクマとオールを見比べている。

やがて、ドボンと池に飛び込んだ。

「ミラン！」

叫ぶシアをよそに、ミランの頭がすぐに浮かんできた。すい、と顔を上げたまま、ミランはクマまで泳いでいく。片方の手でクマを摑むと、一方の手だけを使って器用にすいすいと戻ってきた。クマをボートの上に引き上げるのを、シアも震える手で手伝った。

「ね、およげるでしょ」

「うん。わかったから、もう上がって。危ないから」

無事に戻ってきてホッとしたが、気が気ではない。ミランの襟首をつかもうとしたが、すっとよけられてしまった。

「大丈夫。もういっかいだけ」

オールはクマより遠くに流されていた。風が強い。ミランがオールへ向かって進むのを、シアはハラハラしながら見守っていた。早く誰か助けに来てくれないだろうか。

頭を上げて泳いでいたミランが、何度か顔をつけた。やがて泳ぎが止まる。

「ミラン？」

ざぶっとミランが手を一掻きし、水面に伸びあがるようなしぐさをした。ケホッと咽《む》せる声がする。もう一度咽せたように聞こえたが、それは水の中に沈んでかき消された。

「ミラン！」

金色の頭は水に沈んだきり、浮かんでこない。腕の先だけがもがくように水を掻いている。

ミランが溺れている。そう気づいた瞬間、シアは水に飛び込んでいた。

何も考えていなかった。考える暇もない。泳ぎ方もわからず、先ほどのミランの動きを思い出して必死で水を掻いた。

バタバタと身体を動かすが、大して前に進まない。非常時だというのに、発情が治まる気配もなく、体力だけが削られていった。

（ミラン、ミラン！）

それでも、頭の中にはミランのことしかなかった。この子がいなくなったら、自分も死んでしまう。気づくと、ミランが腕の中にいた。ゲホゲホとひどく咽せ、もがく子供の力強さを持て余しながら、助かったとホッとする。

少し冷静になり、それから途方に暮れた。振り返ったボートは遠かった。岸はさらに遠い。

身体が重く、しっかりしなくてはと思うのに、意識が朦朧としてきた。

どうにかして、ミランを助けなければ。

（誰か）

助けて、と口の中でつぶやいた時、自然にヴィスランの顔が浮かんだ。

「シア！　ミラン！」

だから、ほとんど同時に本人の声が聞こえた時、幻聴かと思ってしまった。

岸辺にヴィスランの姿が見えて、安堵のあまり泣きそうになる。

「ヴィ、ス」

ヴィスランは上着を脱ぐと、すぐさま水に飛び込んでいた。ぐんぐんとこちらに近づいてくる。

「シア！　ミラン！」

もう少しで手が届く、というところまで近づいた時、それまで迷いなく進んでいたヴィスランの泳ぎが突然、止まった。

「シア、君……」

困惑の混じった表情に、シアも自分が発情していたことを思い出した。

このまま近づけば、ヴィスランも巻き込まれる。下手をすると、三人とも池の真ん中で身動きが取れなくなるかもしれない。

「ヴィス、ミランを……」

ベソをかいてしがみついているミランを、ヴィスランに託そうとした。ミランだけなら連れていけるはずだ。

シアの決断を理解したのだろう。ヴィスランは驚いた顔で息を呑んだが、すぐにまた、表情を変えた。意を決した表情で、再びこちらに向かって泳いでくる。

「ヴィス、だめだ……」

「ミランの意識はあるね。よし、シア。俺が君の身体を抱えるから、君はミランをしっかり抱えていてくれ」

「で、でも」

「俺は大丈夫。ミランを離さないで。後ろから抱えて。そう」

強い眼差しで念を押され、うなずいた。シアがミランを抱え直すと、「力を抜いていて」と言われた。

「その方が運びやすい。そう、いいね」

ヴィスランはシアやミランが混乱に陥らないよう、冷静な声で指示し、うまくいくと褒めてさえくれた。おかげでシアは、死の予感と焦燥から抜け出すことができた。

ヴィスランがいれば、心配ない。大丈夫。

しかし、シアは今も発情の香りを発しているはずだ。

シアがミランを抱えて浮いた状態で、ヴィスランはシアの肩から腋《わき》へ斜《なな》めに腕を回して牽引《けんいん》する。

少しも進まないうちに、シアはヴィスランの身体から、甘く官能的な香りが漂ってくるのに気がついた。

こちらの発情に当てられて、ヴィスランも発情が始まったのだ。

「ヴィ、ヴィス」

「大丈夫。もう少しだ。頑張って」

仰向けのまま運ばれているので、ヴィスランの表情は見えない。力強い声に励まされ、シアも甘い香りに意識が引き込まれそうになる中、必死にミランを抱えることだけを考えた。

途中、甘い香りの中に鉄錆のような匂いを感じたが、考えないようにした。

やがて、わっと人々の歓声が聞こえた。

気づくと岸に引き上げられ、シアとミランに乾いた毛布が巻かれた。

温かい毛布にくるまれた途端、ミランがわあっと泣き声を上げる。ホッとしたのだろう。シアはミランを強く抱きしめた。

「二人に応急の手当てを。俺とシアは発情している。ベータだけで対処してくれ。アルファとオメガは近づけるな」

ヴィスランの声がして、そちらを見た。びしょ濡れになったヴィスランが膝をつき、息を切らしながら周囲に指示していた。その手の甲から、血が流れている。

「ヴィ、ス」

あの時と同じだ。いや、前よりひどかった。ヴィスランは正気を保つために、手の甲を噛んで傷つけたのだろう。

「無事でよかった」

目が合うと、ヴィスランはそう言って微笑む。それから力が抜けたように、がっくりとその場に倒れ込んだ。

「ヴィス！」

シアは思わず駆け寄ろうとした。ヴィスランが弱々しく押しとどめていなかったら、そうしていただろう。

甘い香りが鼻先に香り、ハッと留まる。

「俺は先に離れる。ミランを頼んだよ」

ヴィスランは言い、大丈夫だというように優しく微笑んだ。護衛たちに抱き起こされ、肩を担がれて去っていく。

ヴィスランも、ミランを抱きしめたかっただろう。

切なさともどかしさを感じながら、シアはヴィスランの背中を追い続けた。


駆け付けた医者がミランとシアを診てくれたが、異常はなかった。

ミランはお風呂で温められ、シアはすぐさま、オメガの発情抑制剤を飲まされた。即効性があるという、ガラスの薬瓶に入った薬で、ヨードチンキみたいな匂いがして不味かった。

それでも、朦朧とするほどの強い発情は治まった。まだ熱っぽいし身体の奥は疼くが、人前に出られないほどではない。

この状態でアルファと会うのは危険だが、それ以外の人となら、普通に接することができた。

シアも風呂に入り、温まって一息ついたところでミランの様子を見に行くと、ミランは顔をくしゃくしゃにして飛びついてきた。

「ごめんなさい。シア、ごめんなさいぃ……」

元気な息子の様子を見て、改めて安堵する。寝間着姿の小さな身体を、ぎゅっと抱きしめた。

「ミランが無事でよかった。俺のこと、助けようとしてくれたんだよね。でももう、あんな無茶をしたらだめだ。水の事故は、助けに行った人も死ぬかもしれないんだからね」

死、という言葉に、ミランはまたべそをかく。それでも言い聞かせておかなければならない。

シアも水遊びを甘く見ていた。子供は無茶苦茶するし、大人の言うことなんか聞かないとわかっていたはずなのに。

「あとでヴィスにも会いに行っておいで。謝って、お礼を言って」

息子の元気な姿を、彼も見たいだろう。

「シアも一緒に行かないの？」

「俺は、今は会えないんだ。俺がオメガで、ヴィスがアルファだから。アルファとオメガ同士は何か月かにいっぺん、会えなくなる時期があるんだよ。今がちょうどその時なんだ」

発情期と言ってもまだ、わからないだろう。今はそんな説明にとどめておいた。

その後、抑制剤の副作用もあって、シアはしばらくベッドでうとうとした。ミランはその間にヴィスランに会いに行ったようだ。

「ベッドでねてた。ヴィスもおくすりのんだんだって。ミランのせいじゃないよって言ってたけど、ぼくのせいだよね?」

シアが起きた時、ミランは肩を落とし、耳をぺっしょり寝かせていた。

ミランに付いていた侍女が教えてくれたところによると、ヴィスランはアルファ用の発情抑制剤を飲んで休んでいたそうだ。

手の怪我も処置が済んでいたそうで、医者の話では一日休息を取れば問題はないという。

ヴィスランは今日、公務を早めに切り上げて屋敷に戻ったそうだ。シアと話をするためだったとか。今朝、シアが時間を取ってくれと言ったからだろう。

執務室のある宮殿からこちらに戻ってきた時、シアとミランが池で溺れたという知らせを耳にし、駆け付けてくれたのだった。

「ヴィスが薬を飲んだのは、ミランのせいじゃないよ。どっちかっていうと俺のせいだね。オメガとアルファは会ってはいけない時期があるって、言っただろう? 会うと二人とも、具合が悪くなっちゃうんだ」

シアは説明したけれど、ミランはまだ半分くらいは自分のせいだと思っているようだ。

その後、使用人たちの手でボートもオールも回収され、取り残されていたクマも戻ってきた。

ミランはクマにも悪いことをしたと考えているらしく、浴室に干されたクマを見上げ「ごめんね」と謝っていた。

すっかり元気を取り戻すまで、まだ時間がかかるかもしれない。でもとにかく無事だった。

夜になり、夕飯の前にもう一度、今度は錠剤の抑制剤を飲んだ。今後は定期的にこの薬を飲むことになるかもしれない。

ミランと夕飯を食べ、少し遊んでから寝かしつける。いつもはまだ寝たくないとか、もっと本を読んでほしいとか食い下がるのに、今日は大変おとなしかった。

しょんぼりしたミランを抱き、眠るまで添い寝した。クマを小脇に抱えたミランはやがて、寝息を立てはじめる。

布団を蹴ってゴロンと横を向いたのを見計らって、起き上がった。上掛けをかけ直し、部屋を出る。

そのまま、ヴィスランの部屋へと向かった。

ヴィスランの部屋の扉を叩くと、すぐに中から侍従が顔を出した。

ヴィスランがもしまだ起きていたら、一言お礼だけ言わせてほしいと頼む。

抑制剤を飲んでいてもまだ、顔を合わせることはできないが、お礼くらいは言っておきたい。

それから、誤解を抱かせたのなら解いておきたかった。

話をしたいと言ったのは、ここから出ていきたいとか、結婚できないというのではない。エリヤの言う通り、結論に至る前にまず話し合いたいと言いたかった。それも前向きに。

この誤解を解いておかなければ、ヴィスランはシアの発情期が終わって改めて話し合いの場を設けるまでヤキモキし続けなければならない。

シアが頼むと、侍従はすぐ奥へ引っ込み、戻ってくると中へ招き入れてくれた。

ヴィスランの居室もシアたちのそれと同じく、いくつも間続きの部屋がある。

前室から居間を通り、その奥にある扉の前に案内された。ドアは閉まったままだ。

「奥が寝室です。お二人とも抑制剤は飲まれていますが、念のため、ドア越しにお話しになられた方が良いでしょう」

侍従はそう言い、気を利かせたのか部屋を出ていった。

「……シア？」

遠くの前室でドアが閉まる音がした後、間近にヴィスランの声が聞こえて、シアは飛び上がった。どうやらヴィスランは、ドアのすぐ向こうにいるらしい。

「ヴィス、身体は大丈夫？　怪我は？」

顔が見たい。その大きな身体に縋りつきたい衝動に駆られたのは、発情期のせいばかりではないだろう。

「大丈夫。怪我も大したことないよ。シアは？」

「俺もぜんぜん大丈夫。抑制剤も飲んだから。ヨードチンキみたいなあれ、すごく効くね。楽になった」

ヨードチンキという形容がおかしかったのか、ドアの向こうで笑い声がした。

「あの、ありがとう、ヴィス。おかげで、ミランも俺も無事だった。それに、迷惑かけてごめん」

「礼も謝罪もいらないよ。ミランには、無茶しちゃだめって叱ったけどね。愛する人たちを助けるのは当然のことだ」

愛する人、という言葉が、胸に響いた。ほんの少し前まで、彼から愛していると言われても戸惑いばかりがあったのに、今はすんなり心の奥に届く。

窮地を救われたからだろうか。それとも、自分の中でヴィスランと共にいたいという決意が固まったからか。恐らく両方だ。

「あのさ、今朝、話がしたいから時間を取ってくれって言っただろ。あのことで、ヴィスが誤解したんじゃないかと思って。ちゃんと言っておきたかったんだ」

扉の奥で何か言いかけるような声が聞こえた。しかしためらっているのか、続くのは沈黙だけだ。

「改まって話したいっていうのは、別にヴィスと結婚したくないとか、村に帰りたいとかいうんじゃないんだ。結婚するかしないか、そういう結論を出す前に、もっとお互いに話し合いたいって思ったんだよ。ミランの将来のことだってある。ヴィスがミランを将来どうしたいのか、それも聞いてなかったよね。俺は俺で、もしここで暮らすにしても、不安に思うことがいっぱいある。そういういろんなことを話し合いたかった」

シアは一息に言った。ヴィスランからすぐに返事はなく、やがて聞こえたのは深いため息だった。

「……良かった」

声は下の方から聞こえた。どうやらドアの向こうで座り込んでいるらしい。シアも床に座り、扉にもたれた。もしかしたら、ヴィスランも同じようにしているのかもしれない。扉越しに相手の温もりを感じたような気がした。

「ミランを連れて村に帰りたいって、そういう話だと思ってた。……それで、仕事が手に付かなくて……でも、良かった」

また、深い息が聞こえる。やはり誤解されていたのだ。申し訳ないことをした。

「俺が仕事にかまけて、ほとんど話し合ってなかったものね。シアが不安に思うのは当然だよ」

ごめん、と小さな声が聞こえた。

「仕事が忙しいのは本当だけど、怖かったんだ。俺が求婚した時、シアは困ってるみたいだったから。

カーヌスで俺たちが同じ気持ちだったっていうのは、俺の思い込みかもしれない。シアにとってはただの事故で、本当は俺に抱かれたくなかったかもしれないって。シアと膝を突き合わせて話し合って、現実を突きつけられるのが怖かった」

「ヴィス……」

ヴィスランが、そんなふうに考えていたなんて。

「それに今日、シアは発情期が来ただろう。医者の一人が言っていた。仮定にすぎないけど、もしかしたらシアは、俺にだけ反応するオメガなのかもしれない」

「それは俺も思ってた」

「アルファとオメガの中にも、互いに影響しやすい個体があるそうなんだ。俺と君は、その極端な形なんじゃないかって」

御典医で、王立病院の院長でもある医師がそう言っていたそうだ。

「それを聞いたら、君に求婚したのは間違いじゃないかって思うようになった」

いきなりそんなことを言われたから、シアは焦った。

「ど、どうして」

だって、と泣くような情けない声がする。

「俺がいなければシアは、ベータと同じ生活を送れるんだ。オメガの発情期は不自由だよ。母がオメガだったからわかる。なのにこの先一生、オメガの暮らしを強いなきゃならない。それが申し訳なくて。結婚したいっていうのは俺の我がままだ。君はミランと二人きりでも十分幸せに暮らしているのに。頭ではわかってるのに、俺は君がほしい。ミランと三人で暮らしたい」

最後にヴィスランは、ごめんね、とつぶやいた。

「俺、情けないだろ。みっともない。君やミランの前では、立派なアルファの王様でいたいのに」

「そんなことない」

悲しい声を聞いていられなくて、シアは思わず言い返した。

「溺れてる俺たちを助けてくれただろ。かっこよかったよ。ヴィスの姿を見た時、もう大丈夫だって思ったんだ。それに、自信がなかったのは俺も同じだ。ヴィスが求婚したのは、責任感からかもしれないって思った。あなたは優しいから」

「それは違うよ。責任感なんかじゃない。いや、責任はもちろんあるけど」

ヴィスもすぐさま言い返す。

「カーヌスで出会って、すぐに君が好きになったよ。君は人嫌いで引っ込み思案だって言ったけど、一度仲良くなった相手には思いやりを持って接してくれる。優しいだけじゃない。俺にだけ甘えてくれて、心から信頼してくれた。同じベッドの中で無防備にくっついてくる君が、可愛くてたまらなかった。君がオメガならいいのにって何度も思ったよ。責任感じゃない。単なる友情でもない。本当に君のことを愛してるんだ」

ヴィスランは、言葉を尽くして思いを打ち明けてくれた。今なら信じられる。

「俺も」

シアは答えた。

「ヴィスの思い込みなんかじゃない。俺もカーヌスにいた頃から、あなたのことが好きだったよ。あなたと番になれるオメガが羨《うらや》ましかった。片想いだと思ってた。ヴィスの俺に対する気持ちは友情だって。だから今、同じ気持ちだって聞いて、その言葉が信じられて、すごく嬉しい」

沈黙が落ちた。しかしそれは、気まずいものではなかった。お互い同じ空気を感じている。そんな確信があった。

「……俺と結婚するとしたら。いっぱい不安だと思うけど、まず思いつく不安はどんなこと？」

少しして、ヴィスが言った。カーヌスにいた頃、二人で事業を起こそうと話し合ったけれど、あの時のような感覚だった。

二人でああでもないこうでもないと、未来への意見を出し合う。

相手が思いもよらない意見を出すこともあれば、話すうちに一人では思いつかない案が閃《ひらめ》くこともある。あの時の高揚を思い出した。

「俺が王配になって、周りや国の人たちが納得してくれるのか。俺は外国人で平民で、孤児で、人族だ。どう見たって釣り合わないだろ。俺自身も、王宮で王配らしくできるのか、不安。それに何より、ミランのことが心配なんだ。ヴィスはミランをどうしたい？」

「俺はできれば、あの子を王太子として育てたい」

ヴィスランも自分の中で考えていたのだろう。答えはすぐに返ってきた。

「重荷に思うかもしれないけど、ミランの立場を今のうちからはっきりさせておきたい。もし別の人物を王太子にしても、可能性があるってだけで、あの子はこの先、周りに翻弄されてしまう。それなら今からはっきりさせて、後で困らないように俺が教えたい。それから、村と同じようにとはいかないけど、できるだけ普通の子と同じように、のびのび育てたい」

ヴィスランらしい考えで、シアは安心した。

ミランが王の長子だという事実は、この先も一生変わらない。ヴィスランの兄たちが起こしたような内争を避けるためにも、今のうちから立場を確立させておいたほうが安全だというのは、よく理解できる。

「ミランが今のまま明るく元気に暮らすためには、シアと引き離すべきじゃないと思う。俺も君と一緒にいたい。というか、君以外に妃を迎えるつもりはないんだ。実はもう父にも、これくらいの我がままは許してくれと言ってある」

五男だったヴィスランは、上の兄たちに人生を翻弄され続けた。王太子になる際、ヴィスランは先代の王である父と交渉したという。

カーヌスに残してきたシアと結婚できないなら、誰とも結婚しない。もし、自分とシアの間に子供が生まれなかったら、あるいは生まれても跡継ぎにできない場合は、兄の子供たちの中から養子を探すと。

シアがオメガで、あの夜に子供ができただろうと確信してのことだった。

「言わずにいてごめん。こんなこと言ったら、重荷に感じるんじゃないかって、言い出せなくて。でも父は、周囲や国民からの反発を回避できるなら、と条件は付けたけど、認めてくれた。アトロをはじめ、最側近たちはシアを探すために協力してくれた人たちだ。味方をしてくれる。それからこれも、シアに余計な重圧をかけたくなくて、言わなかったんだけど」

ヴィスランには、シアに話していないことがいろいろあるらしい。しかしいずれも、シアとミランを迎えるために策を練り、実際に動いてくれていたということだ。

「この際だから、ぜんぶ打ち明けてほしい。知っていれば、俺自身ができることもあるし」

「うん。これからは何でも話す。一緒に話し合おう。父が出した条件、シアも不安に思っていた、周りや国民を納得させられるかってところだけど。シアが今研究している発明が実用化されれば、世紀の発明になる。君は億万長者だし、これをもとに王から爵位を与えることもできる。有名で偉大な発明家なら、貴族に匹敵するだろう？　だから問題ない」

「ええー。実用化できなかったら、できても需要がなかったらどうするの」

それは責任重大ではないか。思わず不安の声を上げると、ヴィスランは慌てたように言葉を続けた。

「いやでも、シアのあの案はすごいと思うんだ。大学にいた頃から、後世に残る発明になると思ってた。それにこれは、第一案だから。第二案もあるんだ」

第二案は、新聞と出版物を使って、ヴィスランとシアが結婚に至る物語を周知させること。

「政治宣伝と言われたらそれまでなんだけど、君と俺との熱愛物語を新聞に書かせるんだ。俺も自伝を出版する。できる限り美しく、劇的に。大衆に受けを狙って」

身分違いを逆手に取って、様々な障壁を抱えた王配に対する、大衆への印象操作をするわけだ。

これもヴィスランらしい強《したた》かな作戦といえる。熱愛物語なんて恥ずかしすぎるが。

「打てる策は全部打つ。あざとくても何でもいいんだ。君とミランと一緒にいられるなら。俺のすべてを賭けて君たちを守る。だからどうか……俺と生きる道を考えてくれないかな」

結婚してくれ、ではなくて、最後はちょっと気弱に、考えてくれないか、だった。

扉の向こうで耳を寝かせているヴィスランを想像して、シアはひっそり笑った。

シアの答えは決まっていた。

「俺、ずっと不安で迷ってたけど、気づいたんだ。ヴィスの隣に他の誰かがいるのは嫌なんだ。ヴィスと一緒にいたい。あなたを支えるのは、俺自身でありたいって」

「シア……」

「あなたの番になれるオメガが羨ましかった。夢がかなったんだ。俺はあなたの隣にいて、オメガとして生きるよ。二人でミランを育てよう」

小さく嗚咽が聞こえた。

「シア……シア。……ありがとう」

感極まったその声を聞いたら、シアも胸が詰まった。扉で隔たれているのが、もどかしかった。

「俺のこと、番にしてくれる?」

「もちろん。嬉しいよ、シア。君と番になりたい」

「じゃあ、このドアを開けてもいいかな」

息を呑む音がした。自分でも、ちょっと大胆だったかもしれないと気持ちが怯《ひる》んだ。

「……君は、いいのか?」

「うん」

「二人とも抑制剤を飲んでるから、今夜は無理かもしれない」

「いいよ」

「けど、君を抱きしめたい。今すぐ。でももし、抑制剤が効かなくて発情したら……」

「じゃあ開けるね」

ぶつぶつ言ってるから、じれったくなった。ドア一枚隔てた向こうで、慌てた声がした。

「あ、待っ……俺が」

シアがドアノブを回すのと、向こうがドアを開けるのとはほとんど同時だった。

二人分の力で勢いよくドアが開かれ、シアは向こう側へ重心を崩した。大きくて温かい腕が、それをすくい取る。

「シア」

「ヴィス」

顔を上げて、二人同時に名前を呼び合った。互いの顔に笑みが広がる。

どちらからともなく口づけをし、愛する人の身体を強く抱きしめた。


「……まだ、甘い匂いがするね」

耳元で囁く声がした。首筋にヴィスランの唇が掠めて、ゾクッと肌が粟立つ。

薬で抑えていたはずの熱が、身体の奥から這い上ってくるのを感じた。

「指先が冷えてる。ベッドに行こう」

言うやいなや、ふわりと身体が浮いた。ヴィスランはシアを抱き上げ、奥にある大きなベッドへ向かう。

「ヴィス……もう」

恥ずかしかったが、喜びもあった。学生の時みたいに、いやもっと素直に、彼に甘えていいのだ。

相手の首に腕を回し、自分がやられたように首筋に鼻を近づける。その途端、彼の肌から官能的な匂いが立ち上った。

「ヴィスも、甘い」

「君がそういうことするからだよ」

優しくベッドの上に降ろされた。ヴィスランのベッドは、意外と硬い。寝具以外は質素で、カーヌスの大学寮を思い出した。

「大学寮のベッドみたいだろう？　眠れない夜は、ここはカーヌスで、シアが隣に寝てるんだって考えて眠るんだ」

「眠れない日があるの？」

ヴィスランは自分もベッドの上に乗ると、シアに口づけた。何でもないふうに微笑む。

「以前は、たまにね。でも今は、君たちに会えたから」

その柔らかい微笑みの向こうに、彼の五年間の孤独が見えて、シアはたまらずヴィスランを抱きしめた。

「ヴィス。ヴィス。一人にしてごめん。これからは俺とミランがいるよ」

シアにはミランがいたけれど、ヴィスランはたった一人だった。母は亡く、父も遠くへ行った。

何もかも、彼は一人でやらなければならなかった。

「ああ……そうだね、シア。これからはみんな一緒なんだ」

ヴィスランも、覆いかぶさるように上からシアを抱きしめて言った。

「もっと家族の時間を作るよ。たくさん話そう」

「うん」

「夫婦の時間も、たっぷり取りたい」

冗談めかして言う。シアは笑ってしまった。その唇を、ヴィスランが軽くついばむ。シアも同じように返した。またヴィスランがそれに返し、二人でしばらく口づけを続けた。

先ほどはふわりと香る程度だったヴィスランの甘い香りが、今は強く濃く漂っている。恐らく、シアの香りも強くなっていることだろう。

やがて口づけを止めたヴィスランは、熱に浮かされたような、掠れた声で言った。

「運命の番って、聞いたことある？」

初耳だ。シアがかぶりを振ると、「ルフスに古くからある伝承なんだ」と、教えてくれた。

それから、シアの寝間着のボタンに手がかかる。自分で外そうとしたが、ヴィスランに「俺にやらせて」と言われてしまった。

ヴィスランは口づけをしながら、ゆっくりシアの衣服を脱がしていく。

甘い香りが部屋中に充満していた。されるがまま愛撫を受けながら、シアの理性は次第に蕩《とろ》けていく。一度目とは違う、何の不安もなく幸せな官能だった。

「アルファとオメガには、運命に定められた相手がいるんだ。お互い、この世にたった一人だけ、出会ったら夢中になる。他に誰も見えなくなる。そんな相手がいるんだって。俺とシアは、きっと運命の相手なんじゃないかな」

耳朶をくすぐる声は、冗談めかして聞こえた。本当かどうかわからない。それは伝承らしい。

そうだったらいいなと思うし、ヴィスランと自分自身の関係は、正に運命だとシアは思った。

「きっとそうだ。俺は、ヴィスだけのオメガだもの」

ヴィスランは幸せそうに微笑んだ。

「俺も。俺もシアだけのアルファだ」

シアを脱がせて、自分自身も衣服を脱ぎ去る。ヴィスランの身体は相変わらず逞しく、中心は赤黒く屹立《きつりつ》していた。

「やっと、顔を見て抱ける」

ヴィスランが言った。シアもうなずく。以前は闇の中、わけもわからないままだった。でも、今は違う。

「いい？　シア」

頬や髪を撫で、心配そうに尋ねるヴィスランに、シアは何度もうなずく。

「うん。……うん、来て、ヴィス」

腕を広げると、ヴィスランはシアに覆いかぶさりながら、ゆっくりと入ってくる。

大きくて熱い塊を飲み込むのは、少し苦しかった。でも入ってきた瞬間、自分はずっとこれを待ち望んでいたのだと知る。

ぴったりと、最後の部品が合わさるような充足感だった。

「あ……あ」

「すごく気持ちいい。嬉しいよ、シア。やっと君の顔を見て抱けた」

ヴィスランの声は熱っぽく掠れていて、目は情欲に潤んでいた。繋がった場所から、愛情と快楽が溢れてくる。

ヴィスランはシアの表情を見ながら、最初はゆっくり動いてくれた。シアもおずおずとそれに答えたけれど、次第にどちらも快楽に抗えなくなった。

二人は溶け合うほど激しく、互いの身体を求め合った。

最初は正面から、それから体勢を変えて激しく穿《うが》たれ、シアもヴィスランも幾度も精を放ったが、官能が冷めることはなかった。

「シア」

最後に背後から抱きしめられ、貫かれながら、ヴィスランがシアを呼んだ。何を求めているのか、何も言わなくてもわかった。

シアのうなじに、ヴィスランの牙が立てられる。甘い痛みと疼きが、身体中を駆け巡った。身体の細胞という細胞が生まれ変わったような気がした。

「……シアっ」

ヴィスランがうなじを噛みながら、シアの中で果てる。シアもまた、幸福の中で絶頂を迎えた。

二人は絶頂を終えてもしばらく、繋がったままでいた。

背中にぴたりとヴィスランの身体が合わさり、胸の鼓動が伝わってくる。

「痕、付いてる？」

小さく尋ねると、背後から、うん、と返事が聞こえた。

「ちゃんと付いてる。俺たちの、番の証しが」

希望と幸福に満ちた声が、シアの耳に届いた。

エピローグ

シアはヴィスランと番の契約をかわした後、ほどなくして村に帰った。

お世話になったマーゴや村の人たちに、きちんと挨拶をするためだ。

二週間ほど滞在する間、家に残してきた荷物を整理し、マーゴ一家と別れを惜しみ、村の人たちから送別会を催され、ミランも村の子供たちに別れを告げた。

シアのもとに国王陛下が直々に迎えに来たこと、どうやらミランが陛下の子供であることはすでに、村人の間で周知の事実になっていたが、それを詮索されることはあまりなかった。

後になって、それはマーゴが村長に相談し、村長と共に丁寧に村の人たちに話を付けてくれていたからだと知った。ここに来るまで、本当に色々な人たちのお世話になった。

でも、これが永遠の別れではない。離れている人には手紙を書くし、そうでない人とは折々に顔を合わせる。

シアとミランは村からの引っ越しを済ませ、本格的に王宮に移り住んだ。

ヴィスランはミランに改めて父親だと名乗り、どんどん距離を縮めている。ヴィスランがはちきれんばかりの愛情を示すので、最初は戸惑っていたミランも、順応していった。

お父さん、お母さん、あるいは父上母上と呼ばせるべきか、最初のうちはヴィスランと話し合ったりしたのだが、

「シアはシアで、ヴィスはヴィスなの。父上、母上って呼んだほうがいい？　だれかがいる時は、そうするけど」

ミランが大人びたことを言うので、あっさり方針が決まってしまった。ミランは人前ではきちんと、父上母上、と呼ぶ。そんなミランをヴィスランは、

「あの子はやっぱり、天才だよね？」

などと言っていつも感激している。

シアとミランは、宮廷の人たちから少しずつ作法などを教わっている。ヴィスランは最低限でいいと言うけれど、彼と一緒にいて彼を支えると決めたから、シアも頑張るつもりだ。

シアの妊娠が判明し、安定してきた頃、ヴィスランとシアの婚約が公式に発表された。

それより前、いくつかの大衆紙に、ヴィスランの隠し子と留学先で得た恋人がすっぱ抜かれた。

王室広報部は沈黙を貫いたが、その後は大手新聞社でもたびたび、ヴィスランと恋人、その隠し子の話題に触れている。

これらはもちろん、ヴィスランが先に言っていた作戦の一つだ。

ヴィスランが国内の新聞社をいくつも抱き込み……いや、各社と交渉をして、人々が同情や好意を向けるように書き立てた。

そうした裏工作もあって、シアとミランは人々から割合すんなりと受け入れられたようだ。

もちろん、反対する人もいるだろう。誰もが同じ意見ではない。でもシアもヴィスランも、これからも三人で幸せに暮らせるよう、努力をするつもりだ。

結婚式はもう少し先になる。ヴィスランがもくろむ「第一案」を、人々に知らしめてからだ。

「それでは。時間になりましたので始めたいと思います」

アトロが緊張気味に声を張り、彼の頭くらいある、ラッパのような円錐状《えんすいじょう》の金管をこちらへ向けた。

金管の後方には、四角い木枠がはめられた大掛かりな機械がある。

シアも赤ん坊を抱きながら、彼の動作を食い入るように見つめる。

その隣にミランとヴィスランが並び、ミランはシアとヴィスランの上着の裾をぎゅっと握りしめた。

王宮の一角にある、音楽堂の中だった。

式典などに使われる、大音楽堂ではなく、王族たちが家族や親族と音楽会を開くための、こぢんまりとした建物である。

ここに今、ヴィスランとシアの国王一家をはじめ、二十人ほどの人たちが集められていた。

その一人に、先代国王の姿がある。近頃はすっかり健康を取り戻した彼は、ヴィスランの隣に座っていた。

先王は孫が可愛くてたまらないらしく、さっきからチラチラとミランの様子を窺っている。

先王の隣に、出家した第四王子も参列している。後ろにエリヤと、エリヤが連れてきたマーゴが並んでいた。マーゴは国王一家と共にこの会に出席することになって、カチコチに緊張している。

それを見て申し訳なく思ったけれど、エリヤがいるので心配はないだろう。

「これより、シア・リンド・ルフス王配殿下の偉大なる発明品を発表いたします」

アトロが再び声を張り上げた。彼は実は引っ込み思案で、普段は有能なのだけど、こういう人前で発表するのは苦手なのだそうだ。シアも覚えがあるから、よくわかる。

シアが赤ん坊を抱いていなければ、アトロの役はシアだったかもしれない。この子がいて良かった、なんて、シアは腕の中の赤ん坊を覗き込む。

春先に生まれた二番目の子供は、獅子族の耳と尻尾を持つ女の子だった。彼女もおそらく、アルファなのだろう。

シアとヴィスランが番になったあの夜、身ごもった子だ。マージルと名付けた赤ん坊に、家族中が夢中だった。

ミランは妹が生まれた時から、「ぼく、おにいちゃんだから」が、口癖だ。

シアはマージルが生まれて少しして、再び発情期を迎えるようになった。

少し大変だが、抑制剤があるし、自分のオメガの匂いはもう、ヴィスランにしか効かないので、身を守る心配はない。

人族のシアがバース性を持つという、この特異な事態は、いまだはっきりと解明されていない。

様々な仮説が立てられているが、もしも先々、ミランとマージルに聞かれたら、こう答えようと思っている。

——俺とヴィスは、運命の番なんだよ、と。

「この機械は、後世に残る発明品となるでしょう。実用化に当たっては、エリヤ・ジョルトイ氏がすでに、商品名をお考えになったとか。お聞かせいただけますか」

話を振られ、エリヤはにこっと全員に微笑んだ。王族や貴族を交えても、堂々としているのはさすがだ。

今回の発明品を実用化するにあたり、エリヤの会社と専売契約を交わした。

エリヤに任せておけば安心だし、彼やヴィスランが太鼓判を押してくれたから、きっと必ず人々に受け入れられるだろう。

売買のたびにシアに入ってくる報酬は、慈善事業に寄付することになっている。

生活には困っていないし、王配として人々に受け入れられるようにという、これもヴィスランの戦略の一つだった。

寄付金の一部は、カーヌス国の孤児と獣人の学生たちのための、教育基金に当てられる予定だ。

シアの母国であり、シアを育ててくれた国だ。この発明はルフスの設備でなければ成功しなかったけれど、母国や母国の友人たちにも恩がある。

そうやって少しずつ、恩を返していきたい。本人たちにではなくても、自分や息子が受けた親切を、誰かに返していく。そうして世界が回っていったら素敵だ。

「我が友人、シア殿下の発明品について、命名権を与えていただき、ありがとうございます。私もこの機械が、ルフス国内のみならず、世界中に受け入れられると確信しております。名前は単純で、誰もがわかりやすい物がいいでしょう。音を蓄える機械なので、『蓄音機』と名付けました」

一同から拍手が上がる。ミランも拍手をしたが、アトロが「では」と、木箱の機械を操作し始めると、両手で顔を覆ってしまった。

「恥ずかしい……」

ミランはほっぺが真っ赤だ。幼子のそんな様子に、みんなが笑顔になる。シアは腕にマージルがいるので、ヴィスランがミランを抱きしめた。

「それでは皆様、お聞きください。ヴィスラン陛下のピアノ伴奏による、ミラン王太子殿下の歌、『お星様』」

ミランが顔を伏せたまま「ううー」と唸り、ヴィスランが「大丈夫だよ」と、笑いながらそれを抱きしめて揺する。

その場の人々はそんな親子のじゃれ合う姿に笑いながら、アトロが装置を回すのを待った。

筒形の音源をラッパの尻尾に差し込み、木箱の取っ手をぐるぐる回す。鉄製の針を筒の上に乗せるとすぐ、ポロンと軽快なピアノの音が流れてきて、人々がどよめいた。

あらかじめ聞いていたが、これほど明瞭な音が再生されるとは、思わなかったらしい。あちこちから感嘆の声が上がり、シアは嬉しくなった。

『えっと……ミラン・リンド・ルフス、です。『お星様』を、歌います』

ポロンポロンという伴奏の中で、子供が一生懸命話している。ミランの声だ。

兄の声だとわかったのか、シアの腕の中で、赤ん坊のマージルが「あっ」と声を上げて四肢を伸ばした。

ヴィスランのピアノと、ミランの鈴のような歌声が交じり合う。

みんなが知っている曲だ。そのうちヴィスランが歌詞を口ずさみはじめ、シアもそれに倣った。少しずつ歌の輪が広がり、その場のみんなが歌い始める。

楽しくて、シアとヴィスラン、それに顔を上げたミランも、揃って笑顔になった。

幸せな空間だった。

こんにちは、初めまして。小《こ》中《なか》大《だい》豆《ず》と申します。

今回はケモ耳とちびっ子という、個人的に幸せな組み合わせに加え、みずかねりょう先生にイラストを担当していただき、楽しく書かせていただきました。

みずかね先生と担当様には、今回もご迷惑をおかけしました。

出来上がったイラストが本当に美しく幸せそうで、ほっこりしています。

特にミランが可愛くて可愛くて。

そしてここまで付き合ってくださった読者様にも、感謝申し上げます。

主人公たちはわりと波乱万丈ですが、できる限り優しい、つらいことのない世界に……と思い、こんなお話になりました。

これからも登場人物たちはみんな、幸せに暮らしていくと思います。

シアはそのうち、活動写真とか電話とか電灯とか、発明したりするかもしれません（笑）。子供も増えるかも。

それではまた、どこかでお会いできますように。

CROSS NOVELSをお買い上げいただき
ありがとうございます。
この本を読んだご意見・ご感想をお寄せください。
〒110-8625
東京都台東区東上野2-8-7　笠倉出版社
CROSS NOVELS 編集部
「小中大豆先生」係／「みずかねりょう先生」係

CROSS NOVELS

獅子王アルファと秘密のいとし子

著者
小中大豆

2022年5月23日　初版発行　検印廃止

発行者　笠倉伸夫
発行所　株式会社 笠倉出版社
〒110-8625　東京都台東区東上野2-8-7　笠倉ビル
[営業]TEL　0120-984-164
FAX　03-4355-1109
[編集]TEL　03-4355-1103
FAX　03-5846-3493
http://www.kasakura.co.jp/
振替口座　00130-9-75686
印刷　株式会社 光邦
装丁　Asanomi Graphic
ISBN 978-4-7730-6334-9
Printed in Japan